가해자들

정소현

가해자들

정소현

소설

PIN

031

차례

PIN

031

가해자들

정소현

1111

나는 계속 견디는 중이었다. 아래층에 사는 사람이라 견디는 것 말고는 할 수 있는 게 없었다. 내가 이른 저녁 식사를 준비하는 동안 위층 사람들은 분주히도 움직였다. 거실에서 주방으로, 화장실로 큰 발이 바닥을 쿵쿵 찍으며 오갔고, 몇이나 되는지 모를 작은 발들은 방에서 거실로 다다닥, 다다닥, 콩콩하며 뛰어다녔다. 아이들이 달리건 점프를 하건 뛰어내리건 부모가 전혀 주의를 시키지 않는 것 같아 난 더욱 화가 났다. 나는 텔레비전을 크게 틀어놓고 노래를 부르며 소음을 떨쳐버리려 했지만, 그 소리까지 더해지니 더욱 힘들어졌다. 식탁에 앉아 있자니 맥박이 심하게 뛰고 숨이 가빠져 밥을 먹을 수 없었다. 이런 상황 속에서 밥만 잘 먹는 식구들이 이상해 보였다. 나는 머리가 울리도록 큰 소리를 내며 음식을 씹었다. 소음은 음식을 씹는 동안 조금 작게 들렸다가 삼키고 나면 다시 크게 들렸다.

"위에서 무슨 소리 안 들려?"

남편과 윤서는 텔레비전을 보며 밥을 먹느라 내 말을 듣지 못했다. 자기 목소리도 듣지 못하는 사람들이 위층의 소음을 들었을 리 없었다. 식구들처럼 텔레비전에 집중하면 들리지 않을까 싶었지만 묵직하게 머리를 강타하는 진동을 이길 수 없었다. 내가 너무 민감한 거 아닌가 하는 생각을 잠깐 했지만, 위층이 여느 때보다 더 심한 건 사실이었다.

"너무 시끄럽지 않아?"

남편 출근 전 식사 시간을 망치고 싶지 않아 최대한 담담하게 말하려 했는데 그간 참아온 마음이 날카로운 목소리를 타고 비집고 나왔다. 둘은 내가 텔레비전 소리 때문에 그러는 줄 알고 볼륨을 낮췄다. 윤서는 텔레비전에서 눈을 떼고 자세를 고쳐 앉아 얼른 밥을 먹기 시작했다. 그러지 않았다면 아마 나는 태도를 문제 삼아 잔소리를 시작했을 거고 결국 학교를 중퇴하고 집에 들어앉아버린 아이를 비난하며, 결국은 상처를 주고 끝냈을 것이다. 몇 년간 집에 둘이 계속 붙어 있으면서 윤서는 이제 나와의 갈등을 피하는 방법을 알아버린 것 같았다.

"아까 당신이 시끄럽게 틀어놓은 거잖아."

남편은 텔레비전에서 눈도 떼지 않고 말했다. 그는 남이 무슨 말을 하는 건지 알아들으려 조금도 노력하지 않는 데다 사소한 것까지 슬그머니 남 탓을 하곤 했다. 늘 그런 식인 사람이라 별 기대를 안 했는데도 소음 때문인지 유난히 더 거슬렸다.

"아니, 위층 말이야."

"무슨 소리가 나? 원래 조용한 집 아니었어? 누가 새로 이사를 왔나?"

내가 집 밖을 나가지 않는데다가 알고 지내는 이웃도 없어 정확히 알지는 못했지만, 소음이 한 달 전쯤 시작되었으니 그 무렵 새로운 가족이 이사 온 게 틀림없었다. 아이가 둘이나 있는 데도 있는지 없는지 모르게 조용했던 이전의 가족과는 확연히 달랐기에 누가 말해주지 않아도 알 수 있었다. 새로 온 사람들은 아래층에 사람이 살고 있다는 것을 전혀 고려하지 않고 사는 듯했다. 나는 조용한 가족이 살았던 8년 동안 이 아파트가 소음에 취약하다는 것을 완전히 잊고 있었다. 새 가족의 등장은 조용한 가족이 이사 오기 전에 살던 진이 이모네의 소음을 생각나게 했다. 남편 친구의 어머니이자 시어머니와 형님 동생 하는 사이였던 진이 이모는 자식을 모두 출가시킨 뒤 남편까지 여의고 혼자 살았는데 아들 셋이 낳은 다섯 명의 손자 손녀들을 방과 후부터 퇴근 때까지 돌봐주었다. 어린이집 다니던 막내부터 중학생 큰 아이까지 차례로 귀가하는 발소리가 고스란히 들리곤 했고, 저녁 시간 내내 천장이 무너지는 소음이 집을 덮었다. 그 시절 다른 것들을 모두 참았듯 나는 그 소음도 꾸역꾸역 참아냈다. 한마디 하고 싶지 않은 날이 없었지만, 윗집과의 관계를 껄끄럽게 만들기 싫어하는 시어머니와 남편 때문에 병에 걸리기 직전까지 참을 수밖에 없었다. 그들이 이사 가기 전까지 고통을 받았던 것이 떠오르자 그런 일이 다시 시작되는 게 아닐까 싶어 겁이 났다.

"응. 새로 이사 온 것 같아. 잘 들어봐. 나는 머리가 아파 죽겠어."

가만히 있어도 들릴 텐데 남편은 텔레비전까지 끄고 하던 일을 멈추었다.

"들리는 것 같기도 하고, 아닌 것 같기도 하고. 그런데 이렇게 귀 기울여 들어야 할 정도면 아무 소리 안 나는 거 아니야? 윤서도 좀 들어봐."

"들리는지 안 들리는지 모르겠는데, 머리 아플 정도는 아닌 것 같아요."

나는 둘 다 소리를 들으면서도 못 듣는 척하고 있을지도 모른다고 생각했다. 남편은 큰 눈을 끔뻑거리며 윤서와 나를 번갈아가며 쳐다보았다. 그는 늘 모르거나 모르는 척하는 사람이었다. 쉰 살이 넘었음에도 그의 표정은 해맑다 못해 맹해 보였다. 젊은 시절의 나는 그의 그런 표정을 좋아

했었다. 복잡하지 않고 평온해 보이는 얼굴과 온순한 성품 때문에 여덟 살짜리 아들이 있는 이혼남인 그와 결혼했다. 시어머니의 좁은 아파트에서 함께 살게 되었지만, 그와 함께라면 마음 편히 행복하게 살 수 있을 것 같았다. 그러나 곧 내가 좋아했던 그의 모습이 회피적이고 유약한 성정을 포장하고 있던 가면이었다는 것을 알게 되었다. 그는 모르는 척하는 것으로 골치 아픈 일들이 거기에 없는 것처럼 굴었고, 나는 그가 회피해버린 일들을 혼자 감내해야 했다. 그러면서 나는 조금씩 예민해지고 드세졌고, 나 자체가 그의 회피 대상이 되고 말았다. 그는 나와 부딪히고 싶지 않아 뭐든 좋게좋게 넘어가곤 했는데 처음엔 섭섭했지만, 이제는 오히려 성가시지 않아 괜찮다. 나도 그의 표정이 한심하고 꼴 보기 싫으니 비긴 셈이다.

"아파트에서 소리 나는 게 당연한 거 아니야? 집에만 있으니까 예민해지는 거라고. 종일 누워 놀지만 말고 나가서 운동을 좀 해봐. 이제 몸도 괜찮아졌잖아. 그러면 저런 소리 안 듣고 살 것 같은데?"

타인과 나의 갈등이 생기면 남편은 남의 편에 서서 내가 좋게 좋게 넘어가주길 바랐다. 그런 태도 또한 이제는 그러려니 하고 있지만 이렇게 내 병마저 모른 척하니 서러운 마음이 들었다. 진이 이모네와 층간소음 문제로 고통받던 즈음 내 몸에 이상 증상이 나타났다. 바깥바람이 닿으면 몸이 파랗게 질렸고, 극심한 추위를 느끼며 몸을 떨다가 발작까지 하곤 해서 창문과 현관문을 열어 둘 수가 없었다. 온도, 바람, 소리처럼 평소 아무렇지도 않았던 환경이 나를 자극해 일상생활을 할 수 없었고 바깥출입도 못 하게 되었다. 병원에서는 원인을 못 찾았는데 한의원에는 산후풍이라고 했다. 나는 아이를 낳은 지 8년이나 지나 산후풍에 걸릴 수 있다는 사실과 그것이 삶을 뒤흔들 정도로 고통스럽다는 것을 처음 알았다. 그리고 아이가 열일곱 살이 된 지금까지 여전히 완치되지 않고 남아 있어 외출도 못 하는 신세가 되었다. 냉장고만 열어도 몸이 시리지만 간신히 견디며 살림하고 있다. 남편도 그 정도는 알고 있을 줄 알았는데 저런 소리를 하니…… 남보다 못한 인간 아닌가 싶다.

“그렇게 못 견디겠으면 관리실에 인터폰을 해 봐.”

내가 인터폰을 안 해봤다면 이렇게 화가 나지는 않았을 것이다. 그들이 이사 오고 위층에서, 많은 인원이 동시에 뛰고 달리고 넘어지는 소리, 의자를 끌고 책상을 끌고 바닥을 두드리는 소리가 들려왔다. 한 가족이 내는 소리라기엔 어마어마한 정도여서 집들이를 하는 것으로 생각해 한 번에 그칠 거라 예상하고 대수롭지 않게 넘겼다. 며칠 뒤 그런 소리가 다시 났을 때 나는 처음 관리실에 인터폰을 했다. 관리실 직원은 위층 여자가 아이들 친구들이 놀러 와서 시끄러웠나 보라며 소리가 그렇게 크게 들릴 줄은 몰랐다 했다고 전했다. 정말 미안하다, 앞으로 주의하겠다 했다고도 하니 앞으로 더 문제는 없을 것 같았기에 인터폰을 걸길 잘했다고 생각했다. 이때까지만 해도 위층 사람들이 상식적인 사람들이라고 여겼다. 그러나 그 후에도 크고 작은 소음이 계속 들려왔다. 누군가 종일 좇아다니며 머리를 자근자근 밟다가 걷어차는 느낌이었다. 나는 참고 참다가 두 번 더 인터폰을 했는데, 위층에서는 자고 있었다, 앉아서 밥을 먹는 중이었다며 자기들이 내는 소리가 아니라는 대답만 돌아올 뿐이었다. 관리실에서도 아파트 소음은 벽을 타고 여기저기 전해지기에 위층에서 내는 소리가 아닐 수도 있다고 했다. 하지만 그토록 명확하게 머리 위에서 울리고 있는 소리의 진원지가 위층이 아닐 리가 없었다. 진이 이모네 손자들 발소리만 들어도 어떤 아이가 들어왔는지 알았을 정도인데 내가 착각을 할 리가 없다. 그들이 거짓말을 하는 것에 화가 났지만 그래도 인터폰을 받고 나면 주의를 할 거로 생각했다. 그러나 조심하긴커녕 오히려 더 쿵쿵거리는 것 같았다. 인터폰을 다시 해봐야 소용없을 거다. 위층에서는 거짓말을 할 것이고, 관리실에서는 내가 유난스러운 사람이라고 생각할 게 뻔하다.

이런 이야기를 식구들에게 하다 보니 가슴이 갑갑해져 나는 더 이상 식사할 수가 없었다. 머리가 아플 뿐 아니라 가슴이 빨리 뛰고 호흡이 가

빠지는 것 같아 소파에 누웠다. 남편은 내 상태를 보더니 일단 위층을 조용히 시켜야겠다며 인터폰을 해봐야겠다고 했다. 남편은 제가 하지 않고 윤서에게 관리실에 인터폰을 해보라고 했다. 그러자 윤서는 아무 소리도 안 들리는데 왜 자기한테 인터폰을 하라고 하냐며 아빠가 직접 하라고 짜증을 냈다. 윤서는 남들과 말 섞기를 싫어하는 아이였고, 남편은 남에게 싫은 소리 하는 것을 죽어도 싫어하는 사람이었으니 결말이 나지 않았다. 결국 인터폰을 잡은 사람은 나였다.

다행히 관리실 퇴근 시간 전이라 경리가 전화를 받았다. 1111호라고 말하자 그간 연락했던 것을 아는 눈치였다. 오늘따라 위층이 더 심하게 쿵쿵거린다고 하자 위층이 아닐 수도 있으니 직접 연락하는 것보다 방송하는 편이 나을 것 같다고 했다. 나는 당장 위층의 소리가 멈춰주길 바랐기에 연락을 해주거나 직접 연결해 달라고 했다. 관리실에서는 그렇게 하겠다며 기다리라고 했다. 윤서와 남편은 내 얼굴이 하얗게 질렸다고 걱정하는 척하며 둘이 바쁘게 식탁을 치우고 자리를 뜨려고 했다. 식탁 위의 반찬 그릇을 다 치우기도 전에 관리실에서 연락이 왔다. 위층에서 인터폰을 받지 않는 걸 보면 사람이 없는 것 같다고 했다. 통화하는 동안에도 계속 쿵쿵거리고 있는데 연락조차 받지 않을 속셈인가 싶어 화가 났다.

"지금 주방이랑 거실에 사람들이 모여 있고, 텔레비전도 엄청나게 크게 틀어놨어요. 경비님이라도 보내 확인해보고 주의 주시면 안 될까요? 너무 시끄러워서 그래요."

관리실에서는 지금 퇴근해야 한다며 경비 아저씨에게 전달하겠다고 했다. 잠시 후 경비 아저씨가 직접 찾아왔다. 윗집 벨을 눌러도 아무 기척이 없어서 우리가 말한 집이 그 집이 맞는지 확인차 들렀다고 했다. 저녁 시간인데 창문에 불도 꺼져 있는 걸 보면 아무도 없는 것 같다고 했다. 경비 아저씨가 돌아간 뒤 남편과 윤서는 아무리 들어봐도 위층에서 아무 소리가 안 들린다고 했다. 그러나 그 순간에도 나에게는 명확하게 소리가 들렸다. 저녁 식사를 하려는지 의자 끄는 소리와 아이들이 주방으로 달려가는 소리도 들렸다. 내가 계속 들리는 소리를 중계하자 식구들은 대체 그 소리가 어떻게 들리는 거냐고 물었다.

"숨을 참고 잘 들어봐."

"숨을 안 참고 안 들으려고 하면 안 들릴 거 아니야?"

남편은 바보 같은 대답만 할 뿐이었다. 앞에 있는 내 말도 제대로 못 듣는 사람이 위에서 나는 소리를 들을까 싶어 더는 말하지 않았다. 남편이 출근하려고 하는데 나는 이 상황을 조금이라도 해결하고 나가라고 했다. 그가 해결할 수 없는 일이고, 해결할 생각도 없다는 것을 알고 있었지만, 이 상황을 어떻게든 모면하려 하는 게 꼴 보기 싫어 억지를 부렸다. 그가 집에 자주 들어오기 싫어 심야 영업을 하고 지방 승객 핑계를 대는 걸 알면서도 눈감아왔지만, 앞에서 내가 쓰러질 지경인데 도망가려는 것은 참을 수 없었다. 이런 상황이 올까봐 매일 참아왔건만 층간소음은 내가 조용히 견딜 수 있는 일이 아니었다. 윤서는 우리가 티격태격하는 것이 싫었는지 현관 밖으로 나가버렸다. 학교를 그만두고 집에 들어앉은 이래로 처음

밖에 나간 것이라 남편과 나는 어리둥절해져 다툼을 멈췄다. 윤서의 행방을 걱정하기도 전에 전화가 왔다.

"엄마, 위층에 왔는데 여기 진짜 아무도 없어요. 불도 꺼져 있고 문을 두드려도 대답이 없어요."

"아니야, 지금도 소리가 나는데 무슨 소리야. 복도 창문으로 잘 들여다봐."

"발로 차도 안 나오는 걸 보면……. 자, 잠깐만요."

윤서가 갑자기 전화를 끊었다. 위층 사람이 나와 딸을 어떻게 하기라도 할까봐 덜컥 겁이 나 남편에게 올라가 보라고 했다. 남편은 자기가 올라가면 일이 커진다느니, 좋게 끝날 수가 없을 거라니 하면서 뭉그적댔다. 내가 한달음에 올라가고 싶지만, 현관 밖으로 나갔다가 다시 발작하게 될까봐 중문조차도 열지 못했다. 남편이 미적거리는 사이 다시 윤서에게서 전화가 왔다.

"여기 아줌마가 좀 바꿔 달래요."

"안녕하세요. 위층이에요. 지난번엔 정말 죄송

했어요. 아이 친구들이 놀러 와서 너무 소란을 피웠어요. 그동안 많이 배려해주셔서 아이 둘 키우면서도 우리 집은 층간소음이 없다고 생각하고 방심한 것 같아요. 인터폰 주신 뒤로 저희는 더 조심하고 지내요. 아이들까지 층간소음 방지 슬리퍼를 신겼어요. 그런데 또 인터폰을 주셔서 좀 당황스러웠어요. 그때도 관리실에 말씀드렸지만, 한번은 애들이 앉아서 숙제하는 중이었고, 한번은 애들이 학원에 있었고 저는 소파에 앉아 있었거든요. 오늘도 오전에 외출했다가 이제 막 들어오는 길인데 이렇게 올라오셨네요. 지금 무슨 소리가 들리신다면 그건 우리 집에서 나는 소리가 아니에요. 옛날이랑 달라진 것도 없는데 갑자기 이러시니 저희도 좀 당황스럽지만 죄송한 일은 죄송한 거고 아닌 건 짚고 넘어가야 할 것 같아서요. 저희도 신경 쓰고 조심하고 있으니 그쪽에서도 예전처럼 배려해주셨으면 좋겠습니다."

조곤조곤 따박따박 정중한 척하는 말투에는 짜증이 잔뜩 묻어 있었다. 말도 안 되는 거짓말만 늘어놓고 있는 데다 배려를 강요하는 뻔뻔함에

Artist
Park Min Joon

현대문학 × 아티스트 박민준

〈현대문학 핀 시리즈〉는 아티스트의 영혼이 깃든 표지 작업과 함께 하나의 특별한 예술작품으로 재구성된 독창적인 소설선, 즉 예술 선집이 되었다. 각 소설이 그 작품마다의 독특한 향기와 그윽한 예술적 매혹을 갖게 된 것은 바로 소설과 예술, 이 두 세계의 만남이 이루어낸 영혼의 조화로움 때문일 것이다.

박민준 홍익대학교 미술대학 회화과 졸업. 동 대학원 회화과 졸업, 동경예술대학교 대학원 재료기법학과 연구생 과정 수료. 서울시립미술관, 갤러리현대 등 국내외 다수의 기관 및 장소에서 전시. 『라포르 서커스』를 집필한 소설가로서도 활동 중. 자신이 상상해낸 새로운 이야기에 신화적 이미지 혹은 역사적 일화를 얹음으로써 '어디에서도 본 적 없는', 그러나 '완전히 낯설지만은 않은' 독창적인 화면을 연출 중.

Untitled, 2013, Pencil on paper, 38x57

나는 기분이 더 나빠졌다. 윤서는 조금 후에 돌아왔다. 윗집 여자가 집 안을 좀 보고 가라고 해서 보고 왔다고 했다.

"아무래도 윗집 소리가 아닌 것 같아요. 바닥이 완전히 다 푹신한 매트로 덮여 있던데요? 층간소음 매트라는데 화장실 말고는 빈 데가 없더라고요. 아줌마가 아기 낳기 전에 전체 다 시공해놓은 거래요. 애들이 엄청나게 크던데, 얼마 전에 이사 온 거 아니었어요? 그래도 발뒤꿈치로 걷지 말고 스케이트 타듯이 발을 슥슥 밀면서 걸으라고 따끔하게 한마디하고 왔어요. 엄마가 편찮으셔서 시끄러우면 힘들어하니까 조심해 달라고도 했고요. 엄마가 아주 예민하시겠네, 그래서 귀가 트이신 것 같다고 그러던데 그게 무슨 소리일까요?"

"변명에 거짓말에……. 말이 앞뒤가 하나도 안 맞아. 그러니까 매트 하나 믿고 안심하고 막 뛴 거구나."

"사과도 했으니까 앞으로는 조용하지 않을까요?"

"그게 사과니? 앞으로도 그럴 거니까 가만히

있으라는 소리잖아."

윤서는 아, 하더니 아빠가 올라가서 이야기했다면 적어도 이런 소리만 듣고 내려오지는 않았을 거라고 원망했다. 남편은 자기가 올라갔으면 좋게 끝나지 않았을 거라며 변명을 하고는 서둘러 나갔다. '귀가 트였다'라는 말이 마음에 남아 계속 거슬렸다. 처음 듣는 말이지만 내 상태를 표현하는 말로 적절한 것 같았다. 그러니까 환청을 듣는 게 아니라, 작은 소리까지 들을 수 있게 되었다는 거다. 우리가 대화를 나누는 동안에도 위층 여자는 내 귀가 트인 걸 알면서도 여전히 쿵쿵 슥슥 걸어 다녔고, 아이들은 이리저리 뛰며 깔깔 웃어댔다. 물은 배관을 타고 벽 너머로 흘러내렸고, 벽 속의 낡은 철근이 웅웅하고 공명했다. 그 모든 소리는 내 귓속으로 빨려 들어와 머리를 헤집고 몸속을 돌아다녔다. 나는 이토록 명확하게 들려오는 것들을 못 들은 척하며 살지 않으리라 결심했다.

1211

형님은 이제 아파트에 살지 않는다고 했다. 형님은 아파트 입구에 다다르기 전 주택가로 꺾어지는 골목을 가리키며 한 달 전쯤 저리로 이사했다고, 너무 가까이 가서 미처 연락할 생각도 못 했다며 미안하다고 했다. 형님이 이제야 꿈을 이룬 것 같아서 나는 형님의 손을 덥석 잡고 흔들었다. 정원이 딸린 주택으로 이사를 하는 것이 형님의 오랜 꿈이었는데, 조금 늦은 감이 있지만 그걸 이뤘다고 생각하니 나는 질투 한 점 없이 기쁜 마음이 들었다. 형님에게 이제 넓은 곳에서 편안하게 사시라고 덕담을 건네자 아니나 다를까 형님은 손사래 치며 주택이 아파트보다 더 더운 것 같다고 트집을 잡았다. 주택가는 엎어지면 코 닿을 거리라 마음만 먹으면 언제든 만날 수 있지만, 위아래 살면서도 1년 넘게 보지 못했던 우리가 또 언제 만날 수 있을까 싶어 서글퍼졌다. 그 많은 감정을 혼자 어쩌지 못해 형님에게 에어컨을 시원하게 틀어준다고 하며 다짜고짜 집으로 끌고 가려는데 형님도 내 마음을 알았는지, 정말 더워서 그러는 건지 나를 순순히 따라왔다.

엘리베이터에 탄 형님은 자기가 살던 11층을 습관적으로 눌러놓고 가만히 서 있다가 내가 12층을 누르자 그제야 자기가 잘못 눌렀다는 것을 알았는지 여기 너무 오래 살았어, 하며 너털웃음을 쳤다. 나 또한 여기 들어올 때만 해도 다른 입주자들처럼 몇 년 살고 평수를 넓혀 이사를 할 계획이었는데……. 20년이 넘게 살게 될 줄은 몰랐다. 우리야 돈도 없고 자식만 많은 데다 간이 콩알만 해서 대출받을 용기도 없어 못 떠났지만, 형님은 떠날 여건이 됐는데도 이사를 하지 않았다. 형님은 아들과 단둘이 사는데 집이 넓어봐야 적막강

산일 뿐이고, 아들은 엄마의 눈을 피하기 쉬워질 테고, 게다가 위층에 아들과 자신의 절친한 친구가 있는데 굳이 이사를 하여서 득 될 것이 없다고 했다.

열 평만 늘려 가고 싶은 나와는 다르게 형님은 정원이 있는 2층 주택으로 이사 가는 것이 마지막 꿈이며 다른 욕심은 없다고 했다. 마지막 꿈치고는 소박하다 싶었는데 가만히 들어보면 아들이 결혼하고 손자 둘에 손녀 하나를 낳아 자신과 함께 사는 것이 포함된 엄청난 꿈이었다. 요즘 어떤 며느리가 시어머니랑 같이 살겠느냐고 하자 형님은 우리 태호는 꼭 착한 여자를 데리고 올 거라 장담했다. 형님 성격에 누구랑 같이 사는 게 과연 가능할까 싶었지만, 본인의 믿음이 너무 굳건해 보여 꿈을 이루세요, 라고밖에 할 말이 없었다.

우리 집에 돈이 늘지 않는 것처럼 형님네는 식구가 좀처럼 늘지 않았다. 태호가 취직하고 얼마 안 돼 결혼해 식구가 늘어나나 했지만, 며느리의 직장이 있는 인근 도시에 신혼집을 얻어 집을 떠나 형님 혼자 남았다. 형님은 청소하고 반찬을 가져다준다는 핑계로 한 달 중 일주일은 거기 가서 사는 것 같았다. 며느리가 임신했다는 사실을 알게 된 뒤, 형님은 아들이 사는 집 근처의 주택을 보러 다녔는데, 이곳보다 두 배 이상 크고 으리으리한 집을 살 수 있다며 들떠 있었다. 그러나 얼마 지나지 않아 아들이 이혼하고 돌도 안 된 손자와 함께 집으로 돌아오면서 그 계획은 무산되었다. 아들이 지방 발령을 받는 바람에 형님은 혼자 손자를 키우게 되었다. 형님이 꿈꾸던 손자 둘에 손녀 하나는 아니었지만, 형님은 그 작은 아이 하나로 충분했고 식구가 그뿐이라도 상관없다고 생각했다. 형님은 그런 야무진 꿈은 이미 버렸다고, 그 집 살 돈은 손자 민서 통장에나 넣을 거라고 말했지만 한편으로는 민서도 다른 아이들처럼 넓은 집에서 부모와 살았으면 좋겠다고 생각했다.

그 불가능해 보였던 꿈은 민서가 여덟 살 때 이루어졌다. 태호가 재혼해 새 며느리가 들어왔다. 두 번째 결혼도 실패하게 할 수 없어 같이 살기로 했다는 말도 안 되는 소리가 형님에게서 나오는 걸 보면, 첫 번째 결혼에 실패한 원인이 형님 자신이라는 것을 모르는 것 같았다. 다행히 새 며느리는 명랑하고 싹싹한 여자여서 조용했던 집 안에 생기가 돌았다. 며느리는 민서를 제가 낳은 자식처럼 돌봤고 싸늘하기 이를 데 없는 형님을 자기 엄마처럼 친근하게 대했다. 형님은 이 결혼이 행여 잘못될까 걱정한 나머지 며느리의 진심을 늘 의심하고 언제까지 갈지 두고 보자는 심정으로 대했다. 민서가 마음을 열고 엄마라고 부르고, 손녀 윤서를 낳을 때까지도 형님은 그런 차가운 마음이었으나 며느리는 한결같았다. 사람들이 며느리를 효부라 칭찬하고 식구가 늘어난 것을 축하하면 못마땅한 얼굴을 하며 두 식구에서 다섯 식구로 늘어나니 집만 비좁아졌다고, 좋은 건 한 개도 없다고 허세를 부렸지만 그래도 나는 형님이 행복하리라는 걸 알았다. 형님은 그때쯤 이사를 하고 싶어 했지만, 태호가 지방으로 돌아다녀야 하는 직장을 그만두고 렌터카 사업을 하겠다며 많은 돈을 가져다 썼다. 그때 형님이 남은 돈이 없다고 해서 이제는 어디로도 못 가겠구나 했는데, 늦게라도 형님은 필생의 숙원을 이루었다 싶었다. 둘뿐이었던 형님의 식구가 다섯이 되는 동안 다섯이었던 우리 식구는 아들 셋이 차례로 결혼해 나가고, 몇 년 뒤 남편도 세상을 떠 이제는 나 하나 남게 되었다. 혼자된 나는 아마도 죽을 때까지 이 집에서 살게 될 텐데, 형님마저 없다니 바닥이 뻥 뚫린 것만 같았다.

나는 형님이 나간 자리에 누가 들어와 나를 괴롭히고 있는 건지, 이곳을 떠날 수 없는 나를 언제까지 괴롭힐 것인지 알고 싶어 그 집을 찾아가고 싶은 충동이 일었다. 나는 형님에게 새로 이사 온 사람들이 대체 어떤 사람인지 아느냐고 물었다. 형님은 잠시 뜸을 들이더니 12층 문이 열릴 때쯤 입을 열었다.

"우리 애들이 그냥 살아. 나만 나온 거야."

그 대답을 듣는 순간 내 표정이 마음만큼이나 복잡했는지, 형님은 며느리가 아파서 나왔다고, 반지하지만 깨끗한 원룸에 에어컨 빼고는 없는 게 없다며 괜찮다고 했다. 그 착한 애들이 왜 어머니를 내쫓고, 나에게까지 시비를 걸고 있는 건지 도무지 이해가 가지 않았고 뭐라고 말을 해야 할지 몰라 엘리베이터에서 내려 형님보다 앞서 집으로 부랴부랴 들어와 에어컨을 틀었다. 내 뒤를 따라 쿵 슥—, 쿵 슥— 하며 한쪽 다리를 끄는 형님의 발소리가 복도를 지나 현관문을 들어서서 거실을 가로지르고 소파에 온 체중을 털썩하고 내려놓을 때까지 바닥을 울려댔다. 어쩌면 인터폰이 곧바로 울릴 수도 있겠다 싶었는데 아직 아이들이 올 시간이 아니어서 그런지 아무 소리도 나지 않았다.

"형님, 요즘에 그러고 걸으면 시끄럽다고 인터폰하고 난리들이에요. 요즘 그것 때문에 아주 죽겠어요."

"여기 살면서 그런 소리는 처음 듣네. 밤도 아니고 낮에 그냥 걷는 건데 야박들도 하지. 난 발소리를 들은 적도 없고만 그런다."

인터폰이 처음 울린 건 한 달 전쯤이었다. 경비는 아래층에서 아이들 뛰어다니는 소리가 시끄럽다는 민원이 들어왔다고 주의해달라고 했는데, 난 형님이 그런 줄로만 알았다. 막냇손자가 소파에서 뛰어내리던 중이라 나는 좀 뜨끔했지만, 손자 손녀들을 오후에 맡아 돌본 지도 오래되었고, 아이가 더 늘어난 것도 아닌 데다 온몸으로 쿵쾅거리며 걷던 어린 시절에는 가만히 있더니 좀 나아진 지금 갑자기 왜 이러는지 이해가 안 갔다. 시끄럽다면 미안한 일이지만, 우리 사이에 직접 이야기를 해도 되는 것을 경비를 앞세워 그러는 게 몹시 섭섭했다.

처음에는 내가 형님을 계속 힘들게 했던 게 아닐까, 얼마나 참았으면 이렇게 이야기를 했을까 하고 미안한 마음만 들었다. 나는 아이들이 발소리를 크게 내지 않도록 주의시켰고, 형님 방이 있는 쪽으로는 가지도 못 하게 했다. 내 노력과는 상관없이 인터폰은 매일, 조금씩 더 자주 울렸다. 뛸 때마다 왔던 인터폰은 그냥 걷기만 해도, 누워서 뒹굴어도 왔고, 급기야는 아이들이 현관에 들어서서 신발을 벗기 시작할 때, 식사하러 주방으로 이동할 때, 물건을 떨어뜨렸을 때도 울렸다. 가끔은 내가 혼자 있을 때도 울려서 기가 막힐 지경이었다. 경비는 누가 너무한 건지는 모르겠지만 아이를 조용히 시키면 끝나는 일 아니냐며 도저히 다른 일을 할 수가 없다고 불평을 했다. 나도 주의를 안 주는 게 아니다, 너무한 게 누군지는 나도 모르겠다, 애들이 말을 들으면 애들이겠냐고, 힘드실 것 같은데 이제 연락이 오면 바로 연결하게 해달라고 했더니 그렇게 하는 것은 아파트 정책상 안 된다며 아래층을 개인적으로 알면 제발 둘이 해결해달라고 했다. 나도 형님에게 전화하고 싶은 마음이 굴뚝같았지만, 혹시 싸우게 될까, 형님이 다른 사람들에게 보였던 사나운 얼굴을 보게 될까 두려워서 연락하지 않았다. 그러다 보니 미안한 마음은 지워지고 미움만 남아서 형님과 좋은 추억보다는 냉랭한 얼굴, 심술궂은 말투, 남한테 못되게 굴던 모습만을 떠올리게 되었고, 인터폰 소리만 들려도 형님을 욕하게 되었다.

나는 냉장고에서 주스를 꺼내 따르며 입 밖으로 튀어나오는 질문들을 겨우 삼켰다. 형님에게 어떻게 된 일이냐고, 아무리 사정이 있어도 그렇지 홀어머니를 내쫓는 법이 어디 있냐고, 왜 아들 부부가 나가지 않았느냐고 물어보고 싶었지만 그랬다가는 형님이 입을 다물어버릴 게 뻔했다. 사실 분노가 너무 커서 인터폰이고 뭐고 하나도 중하지 않게 느껴졌지만, 형님에게 그 이야기 말고는 꺼낼 말이 없었다.

"갑자기 시끄럽다고 인터폰이 오길래 다른 사람이 사는 건가 했어요. 매일 시도 때도 없어서 미친 사람이 이사 온 줄 알았다니까요. 아무래도 형님 며느리가 그러는 건가 봐요. 집에 무슨 일이 있어요?"

"개가 많이 아파서 그러는 걸 거야. 요즘 좀 많이 예민하거든. 그래서 내가 나온 거고."

"어디가 그렇게 아프대요?"

"산후풍이래. 아주 꼼짝을 못할 정도로 아파."

생각해보니 올해 초만 해도 초등학교에 간 윤서의 손을 잡고 다니는 며느리를 보았는데 날이 더워질 무렵부터는 보지 못한 것 같기도 했지만, 또 며칠 전에 막냇손녀가 유치원 차에서 내릴 때 윤서를 데리고 집으로 들어오는 것을 본 것 같기도 해서 꼼짝을 못 할 정도로 아프다는 게 어떤 상태인지는 짐작이 가지 않았다.

"애를 낳은 지가 언젠데 여태껏 멀쩡하게 잘 살다가 갑자기 산후풍이라니, 말도 안 되는 소릴 하고 있어. 아무리 아파도 그렇지, 불편하면 지들이 나가야지, 어디 엄마 집을 차지하고 내쫓는대요. 못된 것들 같으니라고. 태호는 가만히 있었어요? 엄마가 고생한 걸 지가 누구보다 잘 알 텐데, 어째 그럴 수가 있대요. 못돼먹은 것들 같으니라고."

말이 조금 과한 걸 알았지만서도 내가 내쫓긴 듯한 기분이 들어 화를 가라앉힐 수가 없었다. 성질 같아서는 쫓아가 멱살을 잡고 싶었지만 그럴 수도 없어서 가슴만 칠 뿐이었다.

"쫓아낸 게 아니라, 내 발로 나왔다니까. 이 사람이 자꾸 왜 이래. 애들은 못 나가게 하는데 너무 답답해서 나왔어."

아무래도 형님은 그런 상황을 부정하고 싶은 건지, 자식을 두둔하고 싶은 건지 내가 평생 듣도 보도 못한 증상을 이야기해주었다. 며느리가 어디선가 바람이 들어온다며 집 안의 모든 문을 꼭 닫아놓고 함부로 열지 못 하게 했다. 바람만 스

쳐도 뼛속까지 시리고 몸이 떨리는 것을 멈출 수가 없다고 했다. 형님도 처음에는 그 말이 엄살인 줄만 알았는데 손녀가 냉장고 문을 열자 안방에 있던 며느리의 피부가 퍼렇게 질리더니 몸을 덜덜 떨기 시작했다. 그 지경이 되자 식구들은 현관문을 여닫는 것도, 냉장고에서 음식을 꺼내 먹는 것도 최소화했다. 형님과 손녀의 방은 복도 쪽으로 창문이 나 있어 한기가 들어오기에 문을 꼭꼭 닫고 있어야 했다. 형님은 어차피 밖에 잘 다니지 않았으니 현관문을 열지 않았고, 늘 자기 방에만 있는 사람이라 방문 여닫는 것도 상관없었는데, 냉장고를 여는 것이 가장 큰 문제였다. 냉장고를 수시로 열어야 하는 통에 식사 준비를 형님이 도맡아 했지만 아무리 문을 닫고 이불을 뒤집어쓰고 있어도 냉장고의 냉기는 며느리를 찾아갔다. 증상이 심한 날에는 배달 음식을 시켜 먹는 수밖에 없었다. 형님은 그것까지도 참을 만했다고 했다. 그런데 환기를 시키지 못해 오염된 실내 공기 때문에 시작된 기침은 참을 수 없었다고 했다. 처음에는 자기 전과 잠에서 깼을 때만 하다가 멈췄는데, 시간이 지나니 시도 때도 없이 터져 나왔고 한번 시작하면 10분 이상 계속되어 가슴이 찢어질 듯 아프고 나서야 멈췄다. 기침까지는 혼자 견딜 수 있는 거였지만 기침에 뒤이어 시작되는 며느리의 비명은 어찌해볼 도리가 없었다. 처음에는 며느리가 못된 성질을 부리는 건 줄 알고 호통을 치고 싸웠는데 그것 또한 기침처럼 며느리의 의지로 내는 소리가 아니라고 했다. 의사는 주위에서 스트레스를 주면 안 된다고 했다. 며느리가 어머님 볼 면목이 없다며 나가겠다고 하는 것을 형님이 극구 말려 자기가 나왔다고 했다. 형님은 더러운 공기와 비명이 가득한 집에서 벗어나니 기침도 멈췄고, 이제는 문, 창문, 냉장고도 마음대로 열 수 있어서 속이 다 시원하다고 했다. 창문을 열기도 힘들고 환기도 잘 안 될 것이 분명한 반지하 방이 뭐가 그렇게 좋을까만 형님이 한동안 겪은 일을 생각하면 그 말도 거짓은 아니지 싶었다. 나는 여전히 속이 상했지만, 형님이 저렇게까지 말하는데 계속 화내는 건 예의가 아닌 듯해 나오길 잘하셨다고 고개를 끄덕여주었다.

"계속 이불 쓰고 누워서 밥도 시켜 먹고 있을 텐데 한창 커야 할 손주들이 걱정이야. 애들한테 우리 집에 와서 밥을 먹으라는데도 싫대고, 윤서 등하교만이라도 시켜줄라 했더니 그것도 싫다고, 왜 뭐든 싫다고만 하는지 모르겠어. 그나마 태호라도 저녁때 들러서 밥을 먹고 가니 다행이야. 어쩌다 그런 병을 얻었나 몰라. 나으면 다시 합치기로 했는데, 그게 쉬울 것 같진 않아."

형님은 모르겠다지만 나는 왠지 알 것 같았다. 형님은 며느리에게 인색했다. 그 성격 좋고 성품 좋은 애한테 칭찬 한 번 한 적이 없고 만날 뒤에서 깔끔치 못하다, 덜렁거린다 타박만 했다. 게다가 뒤에서 윤서와 민서를 차별하는 것 같다며 도끼눈을 뜨고 지켜보고 있다는 것을 모르는 사람이 없을 정도였다. 환하게 웃던 며느리는 한 해 한 해 지날 때마다 웃음과 생기를 잃고 어두워졌다. 그런 며느리에게 '나는 너 안 믿는다'라는 말을 버릇처럼 해댔으니 병이 나는 것이 당연했고, 옆에서 지켜본 애들도 형님을 좋아할 수 없었을 것이다. 설사 병이 났는다고 해도 형님이 들어가서 또 그렇게 지낸다면 다시 도져버릴 게 분명하다. 형님은 그 병이 산후풍이라고 했지만 나는 마음의 병이 아닐까 하는 생각이 들었다.

"형님, 듣고 보니까 아무래도 걔가 산후풍이 아니라 마음의 병 아닌가 싶어요. 인터폰을 그렇게 아무 때나 해대는 걸 보면 헛거를 듣는 건가 싶기도 하고요. 그리고 바람이 부네 추워 죽겠네 하는 것도 환각일 수 있을 것 같아요. 병원에 한번 가 보는 게 나을 것 같은데……."

"동생은 무슨 그런 흉한 소리를 하고 그래? 걔가 애 낳고 산후조리를 제대로 못 해서 산후풍이 온 게 맞아. 그때 내가 신경 써줬어야 했는데 내 잘못이야. 그리고 이제 와서 말하는 거지만, 위층 소리가 엄청나게 크게 들리는 건 맞아. 아들들 키울 때도 그랬고, 손자들도 그렇고 엄청나게 시끄러웠어. 그 많은 애 중에 얌전한 애가 하나라도 있어? 지붕이 무너지는 것 같은 날도 있고, 망치로 두드리는 것 같은 날도 있었지만, 우리 사이니까 참았던 거야. 발소리가 나면 정진이가 집에 왔구나, 우진이가 화장실을 가네, 하나하나 다 알 수 있었어. 손자 손녀야 다섯이나 되니 더 말해 뭐 하겠어. 하지만, 우리 사이니까, 내가 말하면 동생이 미안해할 테니까……."

"아니, 그러니까 이제 애들이 커서 아주 조용한데 왜 갑자기 그러냐구요."

"동생네 애들이 좀 극성스럽냐고. 걔들이 조용하다니, 그건 동생 생각이지 지금도 똑같다니까."

나는 그들이 한 가족이라는 것을 잠시 잊었다. 형님은 이 상황에도 자식이라고 감싸느라 죄 없는 우리 애들을 극성스러운 것들로 매도했다. 견디기 힘들었다면 형님 성격에 진작 한 번쯤은 내색했을 텐데 아무 말 하지 않다가 갑자기 이런 소리를 하는 건 며느리 편을 들겠다는 것이다. 피해자가 그렇다니 그런 줄 알아야 했고 미안하다고 하는 게 맞지만, 입이 떨어지지는 않았다. 여기서 더 나가 우리 애들이 극성맞을 게 뭐냐 따지게 되면 싸울 게 분명했기에 말을 말기로 했다. 형님에게 불쌍한 마음이 들다가 저렇게 할 말 못 할 말 가리지 않고 막 하는 걸 보니 오만 정이 떨어져 같이 있는 게 힘이 들었다. 이제 막 온 형님을 돌려보낼 수도 없고 뭐라도 같이 해야 말을 좀 덜 하겠다 싶었다. 새벽에 다듬어 씻어놓은 열무와 까놓은 마늘이 생각나 열무김치를 담가 가져가라고 했더니 형님은 원룸에서 김치를 어떻게 담그나 걱정했는데 다행이라며 고맙다고 했다.

"애들 봐주면서 어째 김치까지 다 담가 먹을 수 있어? 이거 아들들 주려고 하는 거지? 이제 며느리들이 담가다 줘야 하는 거 아니야? 동생도 이제 좀 쉬어야 할 텐데 정말 힘들겠어."

아이들 다섯 명을 저녁때 잠깐 봐주는 일은 전혀 힘들지 않다. 손자가 하나였을 때는 온전히 맡아 보느라 힘들었고, 고만고만한 아기가 하나씩 늘어났을 때는 가까이 사는 세 아들네를 이 집 저 집 돌아다니느라 정신이 없었지만 이제 아이들도 많이 자라 어려울 게 없다. 낮 동안 사부작사부작 식사 준비를 해서 학교와 유치원에서 내 집으로 오는 아이들을 챙겨 먹이고, 퇴근하고 온 자식들에게 잘 씻긴 아이들과 반찬을 안겨주는 일은 조금 귀찮은 기쁨이다. 초등학생이 된 두 아이가 제 몫을 잘해주어서 오후 다섯 시에서 여덟 시까지

의 시간은 순식간에 지나갔다. 나를 힘들게 하는 건 인터폰뿐이었다. 오늘도 새벽에 좀 일찍 일어나 씻고 있는데 인터폰이 울렸고, 열무를 다듬어 씻자니 또 인터폰이 울렸다. 인터폰이 끊어지기를 기다리다가 아예 수화기를 내려놔버렸더니 조금 뒤에 경비가 찾아와 도대체 새벽부터 무슨 일을 하기에 화장실에 물을 계속 틀어놨네, 마늘을 찧네 하는 민원이 들어오는 거냐고 물었다. 나는 인터폰을 왜 안 받아서 올라오게 만드느냐고 틱틱거리는 경비에게 말했다.

"경비님도 늙어봐서 아시겠지만, 아침잠이 없어 새벽에 일어나는 거고, 일어나면 씻어야 하고, 씻으려면 물을 틀어야 하고, 물을 쓰면 하수구로 빠져나가는데 어쩌라는 거예요. 그래요, 마늘은 딱 한 번 찧고 그만뒀어요. 애들 오기 전에 김치를 담가야 해서 서두른 건데 그건 좀 아니다 싶었거든요. 저도 많이 조심하고 있어요. 어쨌건 아래층에다가 열무김치 담가서 갖다 준다고 제가 한 말 고대로 전하세요."

그때는 형님이 민원을 넣은 줄 알고 한 말이었

지만 어쨌거나 결국 열무김치를 줄 수 있어 다행이었다.

내가 바닥에 깐 마늘과 절구를 부려놓자 형님이 소파에서 일어나 주방으로 걸어와 바닥에 앉다가 실수로 식탁 의자를 밀어 바닥에 끌리는 소리가 났다. 형님에게 이제 곧 인터폰이 울릴 거라고 하니 설마 이 정도 소리에 그러겠냐며 걔가 그렇게까지 이상한 애는 아니라고 했다. 잠시 후 내 말처럼 인터폰이 울리자 형님은 난처한 표정을 지으며 다른 집에서 그러는 것일지 모른다고 며느리를 감쌌다. 나는 이 꼴 저 꼴 보기 싫어 인터폰 스위치를 꺼버리고 형님과 마주 앉아 마늘을 찧었다. 혹시 바닥이 울릴까 걱정스러워 주방 매트에 수건을 깔고 절구를 찧었지만 시끄럽다고 난리 중일 게 분명했다. 중간에 형님이 화장실에 다녀오는 발소리는 절구질 소리보다 더 컸다. 김치에 넣을 만큼만 찧고 그만두려고 하는데 형님이 까놓은 건 다 찧어야 한다며 끝내려고 하지 않았다. 나는 며느리가 괴로워할 거라고 이제 그만하자고 했더니 형님은 뭐 이 정도로 난리냐며 우리 애들이 어렸을 때는 이보다 더했는데 자긴 아무렇지도 않았다고 했다. 형님은 아주 빠른 속도로 절구질을 했다. 형님이 찧고 있는 게 마늘인지, 절구인지, 마룻바닥인지, 며느리인지 알 수 없었지만 얼굴에 미소를 띠고 온 힘을 다하고 있는 것을 보면 스트레스를 풀고 있는 듯했다. 내가 감자풀을 쑤고 믹서에 고추를 갈고 쪽파를 썰어 열무김치 양념을 준비할 때까지 형님은 계속 마늘을 찧었다. 찧어놓은 마늘을 병에 담고 있는데 초인종이 울렸다. 내가 아무 대답을 하지 않자 경비는 집에 누구 없느냐 소리치고 문을 두드렸지만 잠시 쥐 죽은 듯 가만히 있었더니 곧 돌아갔다. 형님은 경비가 밖에서 난리를 치는 동안 하던 일을 잠시 멈추고 통마늘을 더 까더니 다시 절구질을 시작했다. 혹시 내일 팔을 못 쓰게 될까 걱정스러워 그만하라고 했지만, 노인이 절굿공이를 들었으면 마늘 한 접은 찧어야 한다고 안 하던 농담까지 해가며 하던 일을 멈추지 않았다.

형님이 마지막 한 움큼을 절구에 넣었을 때 다시 초인종이 울렸지만, 형님은 얼른 하고 금방 끝내면 된다며 절구질을 시작했다. 나는 좀 심했다 싶어서 현관으로 나가 문을 열었다. 당연히 경비가 있을 줄 알았는데 놀랍게도 형님네 며느리가 혼이 빠져나간 듯한 얼굴로 복도 난간에 기대어서 있었다. 살이 많이 빠져 아파 보이긴 했지만, 바깥출입을 하는 것을 보면 바람을 못 쐬는 것도 아니고 반소매를 입고 있는 것으로 보아 산후풍도 아닌 것 같았다. 눈동자가 사납게 희번덕거리는 게 내 생각대로 정신이 이상해진 것처럼 보였는데 이러고저러고 간에 나는 그 애가 정말 끔찍하게 싫었고 쳐다보는 것만으로도 소름이 끼쳤다.

"도대체 뭐 하시는 거예요, 이게 조심하는 거예요? 머리가 터질 것 같아 살 수가 없잖아요. 애새끼들은 어쩔 수 없다 쳐도 아주머니는 그러지 말아야지요. 대체 왜 미안한 걸 모르는 거예요?"

"난 아무것도 안 했는데 왜 미안해야 하니? 네가 들은 소리가 내가 낸 소리일 거라고 장담하지는 마라."

자기 며느리가 밖에서 이 난리를 떠는 걸 아는

지 모르는지 형님은 그 와중에도 계속 절구질을 했는데, 그 소리가 현관 밖까지 퍼져 나왔다. 그 애가 문 앞에 서 있던 나를 제치고 안으로 뛰어 들어가려는 것을 굳이 막지 않고 슬쩍 피해주었다. 그 애는 저 소리 말이야, 이제 그만하라고, 하며 소리를 질러대면서 안으로 뛰어 들어갔다. 며느리를 본 형님의 얼굴은 순간 일그러졌고 며느리는 그 자리에 멈춰 섰다. 형님은 친절하지만 싸늘한 말투로 말했다.

"이젠 잘도 뛰어다니는구나. 언제 다 나은 거냐, 원래 아팠던 적도 없었겠지. 봐라, 나는 너 안 믿는다고 했지?"

좀 전까지 나에게 따박따박 소리를 치던 그 며느리는 입을 다문 채로 몸을 덜덜 떨기 시작했다. 서 있을 수 없을 정도로 떨고 있는 그 애를 바닥에 눕혔다. 손에 닿은 몸이 시체처럼 차가워 에어컨을 끄고 홑이불을 가져다 덮어주었다. 몸의 떨림은 좀 줄어든 것 같았는데 얼굴이 형님이 말했던 것처럼 시퍼렇게 질려 있었다. 형님은 그 광경을 아주 냉담한 얼굴로 보며 말했다.

"저거 다 거짓말이야. 내가 나가면 멀쩡해질 거야. 나는 재 안 믿는다고 했잖아."

형님의 말이 다 끝나기도 전에 며느리는 비명을 지르더니 구토를 하기 시작했다. 누런 위액을 주방 바닥에 게워내는 며느리를 형님은 아무 동요도 없이 싸늘한 표정으로 지켜만 보고 있었다. 며느리를 저렇게 만든 게 자기 자신인 줄 모르는 얼굴이었다.

"무슨 얼어 죽을 산후풍. 시어머니 알레르기구먼."

나는 생각을 혼잣말로 삭이지 못하고 그만 입으로 내뱉어버렸다. 그때 나를 노려본 것이 형님인지 며느리인지 알 수 없었지만 그게 누구든 상관없었다. 나도 그 둘이 끔찍하게 혐오스러웠다.

1211

관리소장은 아래층과의 문제가 아직 해결되지 않은 거냐고 물었다. 그는 어제 층간소음 중재 기관에서 보내온 안내문을 받았다며, 진작 심각한 상태라고 정확히 이야기해주었다면 이 문제가 거기까지 가지 않아도 되었을 거라고 했다. 아래층에서 우리 집 바닥을 계속 치고 있어서 생활하기 힘들다고 도움을 요청했을 때 그가 한 일은 아래층에 인터폰을 한 번 해보고 연락을 받지 않는다고 말한 것이 다였다. 처음에는 방송도 해주었지만, 나중에는 방송을 너무 자주 한다는 민원이 들어와서 그마저도 해줄 수 없다고 했다. 그는 자기가 했던 행동을 잊었는지 이 사건을 새로 접한 사람처럼 굴었다. 그런 그를 믿을 수가 없어 층간소음 중재기관에 전화를 걸어 상담했던 것인데, 이 문제는 다시 아파트 관리실의 몫으로 돌아왔다. 기관에서는 아파트에서의 분쟁은 관리실에서 먼저 중재하고 그래도 해결되지 않으면 그때 개입하는 것이 절차라며 상담 내용을 기록한 안내문을 관리실로 보내게 되어 있다고 했다. 내가 관리실에서 아무것도 해주지 않을 거라고 했지만 그쪽에서는 일단 절차대로 진행해야 한다며 기다려보라고 할 뿐이었다.

다행인지 불행인지 기관의 안내문을 받은 관리소장은 이 문제를 해결할 생각이 있기는 한 것 같았다. 아니, 해결할 의지는 있지만, 어찌 해야 할지 모르는 듯한 인상이었다. 한 개의 동뿐인 우리 아파트에는 경력이 전혀 없는 관리소장이 부임해 간신히 일 년을 채우고 대단지 아파트 소장으로 가버리는 경우가 많았는데, 이번 소장도 그럴 사람 같았다. 그는 아래층에 여러 번 인터폰을 하고 전화를 했는데도 여전히 안 받는다며, 직접 찾아가보겠다고 했다. 그동안 층간소음이 있어봐야 인터폰을 하거나 방송을 하면 곧바로 잠잠해지곤 해서 내 문제도 금세 해결될 거로 생각했다며 난감해했다. 그는 이 아파트에서 층간소음 갈등이 크게 문제가 된 적이 없었고, 더구나 보복 소음에 대해서는 들어본 적도 없어서 이 아파트는 층간소음이 거의 없는 줄만 알았다고 했다.

그건 나도 마찬가지였다. 결혼하고 들어와 쌍둥이가 여덟 살이 되는 동안 단 한 번도 소음에 대해 항의를 받은 적도, 한 적도 없었기에 이 아파트에는 층간소음 자체가 없는 줄 알았다. 그래서 내 발밑에 누군가 살고 있다는 것을 까맣게 잊고 있었지만, 아랫집 사람들이 뭐라 할 정도로 함부로 살지는 않았다. 실수한 건 정말 단 한 번, 아니, 단 두 번뿐이었다. 쌍둥이의 생일날 반 친구들을 초대한 게 잘못이었다. 그때 바로 아래층에서 주의를 환기하였더라면 그러지 않았을 텐데, 우리가 시끄러운 줄도 모르고 며칠 뒤 유치원을 함께 다녔던 친구들을 초대했다. 한참 놀던 중 관리실로부터 주의를 듣고 나서야 우리도 층간 소음에서 자유롭지 않다는 걸 깨달았다. 나는 화들짝 놀라 바로 사과를 했고, 그 뒤로는 예전처럼 조용히 살고 있었기에 괜찮을 줄 알았다. 그 뒤로도 몇 번 인터폰이 오긴 했지만, 아이들이 숙제하거나 식사를 하던 중이어서 다른 집 소음을 우리 집 소음으로 오해하는 줄로만 알았다. 얼마 전 시끄러워서 올라왔다던 아랫집 딸이 우리 집이 비어 있었다는 것을 직접 확인하기도 했었고, 우리 집 바닥에 층간소음 매트가 빈틈없이 깔린 것까지 보여주었기에 그 오해가 깨끗이 풀렸을 거로 생각했다.

그 뒤로 인터폰은 오지 않았지만, 아래층에서 제집 천장이자 우리 집 바닥을 두드리기 시작했다. 한 발을 디디면 바닥을 두 번 쳤고, 실수로 물건을 떨어뜨리면 바닥이 부서져라 두드렸다. 사실 나는 둔한 편이라 처음에는 이웃집에서 자주 마늘을 찧거나 못을 박는다고 생각했지 우리 집과 상관있는 소리라는 것을 눈치채지 못했다. 쌍둥이가 말해주지 않았더라면 나는 무던히 이 상황을 넘겼을지도 모르겠다. 현준이가 먼저 자기

발밑을 따라다니는 소리를 발견했고, 현지는 그 소리가 아래층 사람이 왔다 간 뒤부터 시작된 것 같다고 했다. 아이들이 엄마 이것 봐, 하며 방에서 거실로, 방에서 현관으로 걷는데 둔탁한 소리가 아이들의 발밑을 정확히 가격하며 따라다녔다. 나는 아이들이 어렸을 때보다 더 얌전해졌고 주의를 받은 뒤로 더 신경을 썼기에 당연히 우리 집 소리가 들리는 일은 없을 거로 생각했는데 아래층에서는 그 소리를 다 듣고 있는 게 맞는 것 같았다. 나는 이 일을 겪고서야 이 아파트가 얼마나 소음에 취약한지 정확히 알게 됐다.

소장에게 어떻게 할 계획이냐고 묻자, 그는 내가 예전에 남긴 메모를 전달하고 지금 하는 일을 중지해달라고 하면 되겠나 물었다. 그리고 원한다면 자리를 만들겠다고 했다. 내가 전달해달라고 했던 메모는 그동안 우리가 시끄러운 줄 모르고 실수했다, 모든 식구가 정말 미안해하고 있으며 최대한 조심하고 있다는 내용이었다. 메모를 남겼을 때만 해도 그건 진심이었다. 우리가 좀 더 노력하면 그들도 이 난리를 그만둘 줄 알았다. 그러나 아무리 조심을 해도 아래층은 멈춰주지 않았다. 그들은 사람이 있는 시간에는 같은 박자로 계속 두드렸고, 아이들이 없는 낮에는 간헐적으로 두드렸다. 화장실을 쓰면 한참 동안 화장실 바닥을 부서져라 두드리곤 했다. 소음을 도저히 견딜 수 없어 우리는 밖으로 돌았다. 아이들은 학교가 끝나면 곧바로 학원에 갔다가 나와 함께 도서관으로 가서 숙제했고, 해가 질 때까지 놀이터에서 놀다가 밤이 되어서야 들어왔다. 나는 온 신경을 곤두세운 채로 식구들의 움직임을 감시했고 아이들이 움직일 때마다, 밤늦게 퇴근한 남편이 샤워할 때마다 조심하지 않는다며 화를 냈다. 쌍둥이는 제 잘못 때문에 엄마가 그런다고 생각했고, 남편은 내 눈치를 보며 조심조심 움직이곤 했다. 차라리 이사하자는 남편에게 나는 왜 아무 잘못 없는 우리가 이사를 해야 하냐고 악다구니를 썼다. 난 정든 이 집을 떠나고 싶지 않았고 꼭 아무 일 없이 평온했던 이전의 상태로 돌아가고 싶었다. 그 뒤로 나는 여러 번 인터폰을 하고 방송도 했지만, 그때마다 돌아오는 것은 더 큰 보복이었다. 한 번은 과일을 사 들고 내려간 적도 있었는데 안에 사람이 있는 게 분명했지만 아무 대답도 하지 않았고 천장을 더 세차게 두드리는 것으로 답할 뿐이었다.

"이제 그런 말은 하고 싶지도 않아요. 아래층 사람들이 원하는 게 대체 뭔지 모르겠어요. 어떻게 해야 저 소리를 멈출지……."

"그래도 실수한 쪽이 사과하고 조심하는 것 말고 무슨 방법이 있겠어요. 층간소음은 어쩔 수 없이 아래층이 약자라 위층에서 늘 조심해야 해요. 1111호가 원하는 것도 그걸 겁니다. 예전에 아래층에서 인터폰을 했을 때 잘 해결하셨으면 이렇게 악화되지는 않았을 텐데 말이에요."

"소장님이 처음 우리 집에 인터폰을 하셨을 때 제가 사과한 거 아시잖아요. 직접 전달해놓고 잊으셨어요? 그리고 그 뒤에 제가 직접 미안하다고 말하기도 했고요. 이건 제 상담 기록에도 있지 않나요? 미안해할 수 있을 만큼 미안해했고, 더 조심할 수 없을 정도로 조심했어요. 그 결과가 이거예요."

"그런데 층간소음 매트는 깔아놓으셨어요? 슬리퍼도 사용하고 있고요? 막상 올라가 보면 안 그런 집이 너무 많아서요. 애들은 아무래도 애들이라 자기도 모르게 뛰기 마련이고요. 상대편을 바꾸기 전에 내가 바뀌는 게 쉬우니까 할 수 있는 건 다 해봐야지 않겠어요?"

내가 그에게도 이미 여러 번 이야기했고 상담 기록에도 쓰여 있을 법한 이야기를 기억하지 못하고 자꾸 말하는 걸 보면 아무래도 소장은 상황을 정확히 모르고 있는 것 같았다. 그의 말을 듣고 있자니 그가 우리를 가해자라고 생각하고 있을지 모른다는 생각이 들어 억울했다. 더 말하면 변명을 하는 것처럼 들릴 것 같아 그에게 직접 와서 보는 게 좋겠다고 했다.

금방 오겠다던 소장은 한 시간이 지나서야 나타났다. 아이들이 나간 뒤 간헐적으로 들리던 소리는 소장이 집 안에 발을 들인 순간부터 그의 발소리에 맞춰 크게 울리기 시작했다. 소장은 그 소리에 당황해 조심조심 걸었지만, 우리 가족처럼 걷지는 못했다. 나는 그에게 슬리퍼를 신고 스케

이트를 타듯 발을 끌며 걸어보라고 했다. 그는 발을 끌고 다니며 집 안 전체에 시공된 층간소음 방지 매트를 확인하고 매트를 발로 꾹꾹 눌러보더니 한숨을 쉬었다.

"하, 이 정도면 소리가 안 들릴 텐데, 다른 집 소리를 착각하는 걸까요? 아니면 환청을 듣는 걸까요? 도무지 이해가 안 되네요. 와서 보라고 하면 이 집에서 나는 소리가 아니란 걸 바로 알겠군요."

소장은 아랫집 딸이 우리 집 바닥을 이미 보고 갔다는 이야기를 잊은 듯했다. 대체 그가 알고 있는 게 어디까지인지 알 수가 없어 과연 제대로 중재를 할 수 있을지 걱정이 됐다. 멈춰 서서 대화를 나누는데도 바닥은 계속 울렸다.

"와, 이 정도면 발을 구르고 싶어지는데 어떻게 참으세요? 하하."

나는 그의 말을 듣는 순간 정말 발을 힘껏 구르고 싶어졌지만, 꾹 참았다. 이번에는 참았지만, 다음에도 그럴 수 있을지 의문이었다. 소장은 아래층에 사람이 있는 게 분명하니 바로 내려가 보겠다고 했다. 그는 이번에는 혼자 가고 다음에 자리를 마련하겠다고 했지만 나는 다음 기회는 없을 것 같았다.

그는 내게 일단 멀찍이 서 있으라고 하고 현관의 벨을 눌렀다. 아무도 없는 척하고 있지만, 소장은 이미 그들이 집에 있다는 것을 알고 있기에 포기할 생각은 없는 것 같았다. 관리실에서 나왔다고 복도가 쩌렁쩌렁 울리도록 소리를 치자, 현관 옆 창문이 한 뼘 정도 열리더니 왜 그러시는데요, 하는 목소리가 들렸다. 지난번에 본 딸인 듯했다.

"관리소장인데요, 문 좀 열어보세요."

"무슨 일이세요?"

"좀 전에 천장 두드리던 사람이 누구세요?"

"어디를 두드려요?"

"천장 두드렸잖아요. 문제가 있으면 대화로 풀어야지, 이웃끼리 이게 뭡니까? 나와서 이야기 좀 해보세요."

"우리 집에서 그런 거 아닌데요? 저는 앉아서 공부하고 있었고 엄마는 아파서 누워 계세요. 다른 집에서 내는 소리를 잘못 들으신 것 같아요. 아파트 소음이란 게 아래에서 나는 것 같아도 옆일 수도 있고 위일 수도 있다고 말씀하셨잖아요."

소장은 기가 막힌다는 듯 헛웃음을 지으며 말했다.

"그럼 아무 소리 못 들었어요? 어머니랑 이야기 좀 하게 나오시라고 하세요."

"들린 것 같긴 한데 저희랑 관계없다니까요. 엄마가 편찮으셔서 창문 오래 못 열어놔요."

한 발짝 떨어져 있던 나는 그 아이의 뻔뻔함에 부아가 치밀어 가만히 있을 수가 없었다. 나는 한달음에 창문 앞으로 뛰어가 창문을 활짝 열어젖혔다. 방 안에서 훅 밀려 나온 퀘퀘한 공기에 정신이 번쩍 들어 터져 나오는 분노를 꾹꾹 눌렀다.

"학생, 우리 집 봤잖아. 처음에는 좀 시끄러웠을지 모르지만 이제 식구들 다 기어 다니고 있어. 가만히 들어봐 아무 소리도 안 들릴 거야. 조용할 테니까 제발 천장 좀 치지 마."

햇빛을 못 본 사람처럼 얼굴이 창백한 여자애가 픕, 하고 웃음을 삼키고는 말했다.

"층간소음 방지 매트를 깔아놨는데 소리가 들리다니요."

영악한 여자애가 내가 했던 말을 고스란히 돌려주며 살살 약 올리는 것을 참을 수가 없었다.

"우리 집이 진짜 시끄러우면 층간소음 측정을 해서 고소를 하라고 전해."

"고소라니요. 이미 사과도 하셨는데, 저희는 아무 감정이 없어요. 그리고 앞으로는 저희가 하지도 않은 일을 했다고 뒤집어씌우지 마세요. 경찰부를 거예요."

여자애는 창문을 쾅 닫고 들어가버렸다. 관리소장과 나는 어이가 없어서 입을 다물지 못하고 복도에 그냥 서 있었다. 아예 대화가 안 되는 상황이라 어떻게 해결해야 할지 감이 잡히지 않았다. 우리를 문 뒤에서 지켜보고 있던 옆집 할머니가 개를 안고 밖으로 나왔다. 아이들이 뽀삐 할머니라고 부르는 부녀회장이었다. 뽀삐 할머니는 눈짓을 보내며 우리를 밖으로 불러냈다. 자초지종을 들은 뽀삐 할머니는 내게 그녀에 대해 몇 가지를 말해주었다.

"그 애 엄마가 원래 많이 아팠어. 저기 창문 신문지로 발라놓은 것 좀 봐. 한동안 안 그러더니 또 그러네. 그게 햇빛을 못 보는 병이랬나, 바람을 못 쐬는 병이랬나, 아무튼 너무 예민해서 주변 사람을 달달 볶아댄다더라고. 딸도 학교에서 퇴학당했는지 집에만 있는 걸 보면 정상은 아닌 것 같고, 말이 통할 사람들이 아니니까 헛수고하지 말고 그 남편이랑 얘기해봐요. 남편은 괜찮은 사람이니까 그쪽에 이야기해봐요."

아래층에 갔다 온 뒤 소리는 더 심해졌다. 손으로 두드린다기엔 일정하고 지속적인 소리라 무슨 기구를 그 새 마련했나 싶기도 했다. 멈추지 않는 소리에 겁을 먹은 아이들은 자기들이 뭘 잘못했나 싶어 내 눈치를 보았다. 내 스트레스를 아이들에게 전가한 것이 미안해 이젠 예전처럼 지내도 괜찮다고 했지만 아이들은 잔뜩 움츠린 채 그림자처럼 다녔고 밤늦게까지 울리는 소리에 깜짝깜짝 놀라며 잠에서 자주 깼다. 매일 늦게 들어와 무슨 소리가 들리는지 잘 모르겠다고 하며 잠만 잘 자던 남편도 새벽까지 끊이지 않는 소리를 듣고는 이렇게 심각한 줄 몰랐다며 바닥을 발꿈치로 막 찍어댔다. 아래층에서는 안방을 통째로 들어 삼킬 것 같은 쩌렁쩌렁한 음악 소리가 들리기 시작했다. 남편도 질세라 계속 바닥에 발꿈치를 찍었다. 나는 남편의 욱하는 성격 때문에 아래층과의 관계가 더 악화할까봐 내려가겠다는 것을 몇 번 말렸는데 아래층 여자애가 깐죽거렸던 것을 생각하니 그냥 내려보낼 걸 그랬나 하는 후회가 들기도 했다. 이러나저러나 좋아질 관계가 아니라는 것을 뒤늦게 깨달은 나는 될 대로 되라는 생각을 하며 밤새 울리는 음악 소리에 잠을 설쳤다.

다음 날 바로 관리실로부터 아래층 남자의 전화번호를 전해 받았다. 남편은 퇴근길에 그를 만나기로 약속했다고 문자메시지를 보내왔다. 아이들은 소음 속에서 저녁을 먹고, 제목을 알 수 없는 시끄러운 음악 소리를 들으며 샤워를 했다. 나는 그 커다란 소리들이 우리를 두드려 패는 것 같았다. 남편이 아래층 남자를 만나도 별수가 없을 거라는 생각이 들었다. 이 지경이 될 때까지 가만히 있던 사람이 뭘 어떻게 해결할 수 있을지 의문이었다.

남편은 열두 시가 다 되어 술에 취해 혀가 꼬부라진 채로 돌아왔다.

"내가 수박 한 덩어리 사 들고 가서 만났지. 그 형님 좋은 사람이더라고. 아주 양반이야 양반. 형님이 없을 때 저 난리를 피웠나봐. 와이프가 요즘 많이 안 좋아서 그런다고 미안하다더라. 이야기를 들어보니 참 안됐어. 애 초등학교 입학했을 때부터 아파서 밖으로 나오질 못하다 보니 저렇게 됐다는 거야. 요즘은 헛소리를 듣는 것 같다는데, 아무래도 정신이 이상한 거 아닌가 싶어. 이제 조심시키겠다니 괜찮아지겠지. 우리 얘기하려다 하소연만 진탕 듣고 왔네. 형님도 술 마셔서 영업 못 한다고 집에 들어갔으니까 오늘 밤은 조용할 거야."

처음 보는 사람에게 형님 형님 하면서 술까지 같이 마시고 들어온 남편이 어이가 없었지만 정말 그가 들어온 뒤에는 조용했고, 앞으로 문제가 해결될 수도 있을 거라는 기대감에 모처럼 편안하게 잘 수 있었다.

그러나 다음 날, 남편이 출근하려 문을 열었을 때 우리 집 현관 앞에는 아랫집 남자에게 들려 보낸 수박이 완전히 박살이 난 채로 뒹굴고 있었다. 남편은 욱하는 마음을 죽이고 출근했고, 아이들은 아래층에서 틀어놓은 제목을 알 수 없는 음악 소리와 나의 비명에 잠을 깼다. 나는 진득거리는 수박을 손으로 걷어치우며 당장 층간소음 매트를 걷어버려야겠다고 생각했다.

1111

아빠는 자정이 넘어 술에 취한 채 수박 한 덩이를 들고 집으로 돌아왔다. 나는 복도를 걸어오는 아빠의 발소리를 알아듣고 눈을 반짝 떴다. 저녁 내내 소파에 누워 천장을 두드리던 엄마는 문이 열리는 소리에 놀라 방으로 뛰어 들어갔다. 일하고 있어야 할 시간에 들어온 아빠를 엄마는 반길 생각은 없어 보였고, 벨을 누르지 않고 갑자기 현관문을 열어 밤공기를 몰고 들어온 아빠의 부주의함을 탓했다. 엄마에겐 아직 산후풍이 남아 있어 차가운 바깥공기가 몸에 와 닿기라도 하면 고생할 게 뻔한데도 아빠는 한 번도 조심해서 문을 열지 않았다. 술 취한 아빠는 언제까지 그렇게 예민을 떨 거냐고 새벽 공기보다 더 냉랭한 말투로 말했다. 엄마는 이불을 덮어쓰고 덜덜 떨면서 자기가 왜 이렇게 되었는지 정말 모르겠냐고 소리를 질렀다. 아빠는 그걸 왜 자기에게 묻냐는 듯한 표정으로 나를 바라보았다. 둘은 우리 가족이 이렇게 된 것이 서로의 탓이라고 생각하는 것 같았다. 그러나 나는 이 모든 것이 나 때문이라는 생각이 들었다.

원래 엄마는 이런 사람이 아니었다. 엄마는 뭐든지 괜찮다고 하는 사람이었고 무던하고 너그러운 사람이었다. 그런 엄마를 우리 가족 모두가 사랑했다. 아빠는 미영 씨, 미영 씨, 하고 엄마 이름을 부르며 집으로 돌아와 백 년 만에 만난 사람처럼 엄마를 얼싸안곤 했고, 오빠는 엄마 앞에 앉아 쉴 새 없이 떠들었다. 내 몸의 어느 한 부분은 엄마에게 늘 닿아 있었고 식구들은 모두 같은 표정으로 웃었다. 할머니만이 못마땅한 얼굴로 '나는 너 안 믿는다'라는 말을 입에 달고 지냈다. 그래도 엄마는 에이, 어머니, 왜 그러셔요, 하고 웃어

넘겼다. 나는 할머니가 입을 열 때마다 불행의 입김이 가족을 더럽히는 것 같은 기분이 들었다.

할머니는 엄마를 미워하는 만큼이나 나를 미워했고, 나는 그 이상으로 할머니를 미워했다. 할머니만 빠지면 우리 식구는 더 행복할 수 있어, 제발 빠져줘. 내가 이 말을 몇 번이나 했는지 기억도 나지 않는다. 할머니가 그 말을 엄마가 시켰냐고 여러 번 물어본 것 같은데, 나는 그렇다고도 했다가 아니라고도 했다가 해서 믿었을지는 잘 모르겠다. 엄마가 아프기 시작했을 때 나는 할머니 때문에 또 엄마가 아픈 거라고 하며 할머니 나가, 할머니 나가줘, 하며 울었다. 하지만 할머니가 진짜 집을 나갈 줄은 몰랐다. 그리고 몇 달 뒤 좁은 원룸에서 그렇게 혼자 돌아가실 줄은 꿈에도 몰랐다. 내 소원대로 할머니가 영원히 우리 가족에서 빠졌지만, 더 큰 불행이 깊숙하게 들어섰다.

아빠는 엄마를 위한답시고 할머니가 나가겠다는 데 동의해놓고는 마치 자기의 뜻이 아니었던 것처럼 엄마를 원망했다. 오빠 역시 아빠가 재혼하기 전까지 자기를 업어 키워준 할머니가 그렇게 된 것이 엄마 탓이라고 생각해 방황하다가 대학 입시를 망치게 되었고, 곧 다른 도시로 떠나버렸다. 나는 그때까지 우리 집이 재혼 가정인지 몰랐고, 오빠와 이복 남매인지도 모르고 있었던지라 한꺼번에 모든 것이 부서져 내리는 것 같았다. 그 부서진 것들이 다시 회복되지 않은 채로 세월은 흘러버렸다. 이런 비극이 엄마가 저렇게 아무것도, 조금도 견디지 못하는 사람으로 변해버린 원인인지 결과인지는 나도 잘 모르겠다.

사랑했던 기억을 잃은 아빠는 엄마와 데면데면하게 지냈다. 겉으로 보기엔 좋은 남편처럼 보이기도 했지만 사실 엄마와 어떤 식으로든 깊이 얽히지 않으려 솜씨 좋게 피하는 것으로밖에 안 보였다. 엄마도 아빠도 서로 닿지 않으려 안간힘을 쓰는 사람들처럼 보였다.

엄마는 아빠가 집에 있는 시간에는 위층에 아무 짓도 하지 않았다. 엄마는 아빠가 알아봐야 상대편 입장에서만 생각할 거라 차라리 모르게 하는 게 낫다고 했다. 혀가 잔뜩 꼬인 아빠는 엄마가 윗집과 싸우고 있다는 이야기를 윗집 남편에게 전해 들었다며 어찌 된 일이냐고 물었다. 나는 위층에서 너무 심하게 쿵쿵거려서 천장을 몇 번 쳤다고 했다. 아빠는 눈이 휘둥그레져서 나도 쳤는지 물었다. 난 엄마가 그랬다고 하면 아빠가 엄마를 경멸하게 될까봐 내가 했다고 했다.

"너도 어째 엄마랑 똑같아지는 것 같다. 실망스럽게."

아빠는 우리 입장에서는 한마디도 듣지 않은 채 나를 비난했다. 아빠는 모르겠지만 나는 이미 오래전에 아빠에게 실망했다. 아빠는 한 번도 우리 편을 들어준 적이 없었다. 중간에서 누구에게도 미움받기 싫어하고 누구에게나 좋은 사람인 척하는 게 아빠였다. 내가 학교에서 따돌림을 당했을 때, 날 괴롭히던 아이를 내가 샤프로 찌른 일로 학폭위가 열렸을 때, 그리고 내가 전학하지 않고 자퇴해버렸을 때 아빠는 내 입장에 서서 분노하거나 해결해주지 않았고, 둘 다 잘못했으니 저쪽 입장도 이해해주자며 세상 좋은 사람처럼 굴었다. 나는 이미 그때 아빠에게 오만 정이 다 떨어졌는데 아빠는 그걸 모르는 것 같았다. 아빠는 내가 좋아하는 것들 위주로 장을 봐다 주고, 용돈을 넉넉히 주는 것으로 책임을 다하려는 듯했지만 나는 아빠가 쭉 별로였다.

"엄마가 오죽 괴로웠으면 그랬겠어요? 왜 엄마 입장에서 한 번도 생각을 안 하시는 거예요? 엄마 머리 위에서 울리는 게 위층 발소리뿐인 것 같으세요? 옛날에 엄마를 괴롭혔다는 위층 할머니네 소리까지 한꺼번에 몰려와서 머리를 밟아대는 것 같아 너무 괴롭대요."

아빠는 내 말은 못 들은 척, 자기가 하고 싶은 말만 했다.

"이웃이랑 그러는 거 아냐. 조금만 참으면 되는 걸 못 참아서는……. 넌 계속 이렇게 살 거야? 아직 2학년이니까 학원이라도 등록해. 대학은 가야지."

"아빠, 이런 얘기는 맨정신에 하세요."

맨정신으로 이야기했다가 사이가 서먹해질까 봐 이러는 것을 알지만, 너무 아빠다운 행동이라 얄미웠다.

"하고 싶은 건 있어? 뭐가 따로 있어서 이러고

있는 거야?"

아빠는 내가 대답할 때까지 쳐다보고 있을 것 같았다.

"웹툰 그리고 싶어요."

아빠는 새로운 이야기에 관심이 갔는지 내게 물었다.

"그림은 그릴 줄 알아? 잘 그려야 할 수 있는 거잖아. 학교 가기 싫으면 미술학원이라도 알아봐라. 돈은 얼마가 들건 걱정하지 말고."

아빠는 부자도 아니면서 내 꿈을 돈으로 사고 싶어 하는 것 같았다.

"학원은 안 가요. 못 그리니까 그려보고 싶은 거예요. 잘할 수 있는 것만 해야 한다면 할 수 있는 게 아무것도 없어요. 아빠도 좋은 사람이 아니니까 좋은 사람이 되려고 하는 거잖아요."

아빠가 나를 혼내기라도 했다면 조금은 좋아졌을 텐데 취중에도 나와 부딪치지 않기 위해 애써 참는 걸 보니 정말 어쩔 수 없는 사람이라는 생각이 들었다.

다음 날 아빠는 아침 일찍 가방을 챙겨 나갔다.

오빠 집에서 한동안 머물겠다고 했다. 나는 차라리 잘됐다고 생각했다. 아빠가 나갈 때 엄마는 깨어 있었는데도 안방에서 나오지 않았다. 등을 돌리고 누운 엄마에게 아빠에게 섭섭한 기분이 드는지 묻자 엄마는 문을 열었다 닫았다 할 때 들어오는 바람보다 더 존재감이 없는 인간인데 뭘 그런 걸 묻냐고 했다. 나는 아빠도 싫었지만 그렇게 말하는 엄마도 싫어서 문을 닫아버렸다. 전날 밤 아빠가 가져온 수박이 아무래도 마음에 들지 않아 주인에게 되돌려주러 올라갔다.

1011

성빈이를 낳기 전까지 우리는 아무것도 몰랐다. 아기가 우는 존재라는 것과 성빈이는 조금 더 많이 우는 존재라는 것을. 성빈이는 시도 때도 없이 울었다. 일어나서 울고, 자기 전에 울고, 먹다가도 울고, 놀다가도 울고, 웃다가도 울었다. 남편과 나는 안아서 토닥토닥하면 아기가 울음을 당연히 멈추는 줄 알았을 정도로 무지했다. 속싸개가 벗겨져 나가도록 팔다리를 휘저으며 울어대는 아기를 초보 엄마인 나는 달랠 수 없었다. 엄마가 없는 내가 도움받을 곳은 육아 서적과 인터넷 커뮤니티뿐이었다. 거기서 나는 성빈이가 아주 예민한 아이라는 사실과 울음의 여러 가지 원인을 알 수 있었을 뿐이다. 아기가 배가 고픈지, 졸리는지, 기저귀가 젖었는지, 열이 있는지, 방 온도가 높은지, 옷 시접이 몸을 불편하게 하는지, 배에 가스가 차 있는지 확인해 원인을 제거해도 성빈이는 울었다. 어떻게 해야 아이를 덜 울리고, 빨리 달랠 수 있을지 많은 검색을 해보고 따라 해봤지만, 효과가 없었다. 영아 산통, 잠투정, 배앓이, 아이 달래기 등으로 검색해 나온 글 중 안 읽어본 게 없을 정도였다. 아기 엄마들이 몸소 체험하고 작성한 글들이라 쓸모 있어 보였지만 아기도 엄마도 저마다 달랐기에 큰 보탬이 되지는 않았다. 그래도 우리 아이가 이상한 아이가 아니라는 것, 내가 겪고 있는 이 곤란함을 다른 사람들도 똑같이 겪고 지나갔다는 것을 알게 된 것만으로도 안심이 되었다. 아이를 키우는 것은 글로 읽고 이야기를 들었던 것과는 비교도 안 되게 힘들었지만, 고통과 즐거움이 뒤범벅된 이런 일은 처음이었기에 하루하루가 특별하고 행복했다.

그러나 한 통의 인터폰을 받은 뒤 그 행복에 금

이 가기 시작했다. 관리실에서는 아이 울음소리가 시끄럽다며 아이를 울리지 말아 달라는 민원이 들어왔다고 했다. 나는 이토록 작은 아기의 울음소리가 집 밖으로 새어 나가 남을 불편하게 할 수 있다는 생각 자체를 하지 못했다. 나도 모르는 새 민폐를 끼치는 이웃이 되어 있다고 생각하니 미안하고 부끄러웠다. 나는 관리소장에게 신생아라 밤낮없이 울어 폐를 끼치게 되었다고, 꼭 사과의 말을 전해달라고 했다. 그 말을 들은 관리소장은 다 큰 아이가 우는 줄 알았다고, 신생아가 우는 걸 어쩌라고 민원들을 넣는지 모르겠다며 한숨을 쉬었다. 그는 어쩔 수 없으니 창문만 잘 닫고 지내면 민원은 안 들어올 거라고 했다.

그 이야기를 들은 순간부터 나는 성빈이가 울 때마다 심장이 터질 것처럼 뛰고 조마조마한 기분이 들었다. 남편은 아마 갑자기 더워진 그제 밤에 복도 쪽 창문을 활짝 열어놓고 자서 그런 것 같다며, 아이 키우면서 그런 소리를 듣는 게 특별한 일도 아니니 너무 신경 쓰지 말라고 했다. 신경을 쓰지는 않았지만, 몸이 반응하는 것은 어떻게 해볼 도리가 없었다. 여기가 지은 지 20년이 넘는 낡은 아파트라서 일어난 일 같았다. 세가 조금 비싸더라도 새 아파트를 얻었어야 했는데, 괜히 이런 델 얻어서는 태어나자마자 아기를 욕먹게 했다고 후회를 했지만, 남편에게는 말하지 않았다. 가을이 시작되었는데도 아직 더위가 남아 있었지만 우리는 창문을 꼭 닫고 지냈다. 다행히 그 뒤로는 인터폰이 울리지 않았다. 나는 관리실에서 아기를 배려하느라 전달하지 않는 게 아닐까 싶어 물어보았다. 관리소장은 그랬다가 엄청난 항의를 받은 적이 있어서 전달하지 않는 경우는 없다고 했다. 아기가 조금 컸다고 이제 안 우는가 보다며 간혹 예민한 사람들이 있으니 크게 마음에 담아두지 말고 아기 예쁘게 키우라고 했다.

태어난 지 한 달 가까이 된 성빈이는 목청이 커지고 힘도 생겨 울음소리가 신생아 때와 비교도 안 되게 커졌는데 아무렇지 않을 리가 없었다. 나는 언제고 항의가 들어오겠지 싶어 마음이 조마조마했다. 성빈이는 내 걱정과는 무관하게 우는 존재의 임무를 다하는 것뿐인데, 나는 성빈이가 나를 괴롭히기 위해 우는 것처럼 느껴지곤 했다. 남편은 퇴근하자마자 돌아와 자기 몫의 일을 잘 해냈지만, 성빈이가 우는 것만은 어떻게 하지 못했다. 성빈이는 점점 더 나에게 안겨 떨어지지 않으려고 했다. 잠잘 때나 겨우 내려놓을 수 있었기에 나는 흡사 아기를 재우기 위해 키우는 사람처럼 성빈이를 재우는 데 온갖 힘을 썼다. 완전 모유 수유는 진작 포기하고 밤잠을 자기 전에 분유를 배불리 먹이고 잠을 잘 자게 하는 보디 샴푸로 목욕을 시켰다. 속싸개로 꽁꽁 싼 성빈이를 안고 암막 커튼을 쳐놓은 방을 이리저리 서성이며 자장가 대신 드라이어 소리를 들려주었다. 이렇게 하면 다른 아기들은 한순간 쉽게 잠든다고 했지만 성빈이는 잠과 싸우는 수험생처럼 졸린 눈을 부릅떠가며 서서히 잠들었다. 이불에 눕히고 나면 나는 녹초가 되어 아무것도 할 수가 없었지만 적어도 한동안 울지 않고 손에서 떨어져 있으니 조금이나마 쉴 수 있었다. 작은 소리나 조그만 빛에도 쉽게 잠에서 깨는 성빈이 때문에 남편은 작은방에서 자게 되었고, 나는 쥐 죽은 듯이 누워 아기가 뒤척일 때마다 토닥거리며 취침 시간을 간신히 조금씩 늘렸다.

어느 날 나는 성빈이의 들숨과 날숨 사이의 정적 가운데서 음악 소리를 희미하게 들었다. 사방이 아주 조용한 상태에서 귀를 기울이지 않으면 잘 들리지 않는 소리였다. 가만히 듣자니 미디 소리와 함께 꽤 강한 비트가 천장인지 벽인지 알 수 없는 곳에서 울리고 있었다. 무슨 노래인지 정확히 알 수는 없지만 한 곡이 반복되는 것은 분명했다. 어디서 오는지 알 수 없는 그 소리가 나에 대한 공격일지 모른다는 생각이 들기 시작했고, 그 순간부터 가슴이 터질 듯 뛰기 시작했다. 성빈이를 안고 왔다 갔다 할 때는 들리지 않다가 재우고 난 뒤 사위가 조용해지면 들렸다. 다른 생각을 하다 보면 들리지 않았지만, 숨을 참고 귀를 기울여 결국 그 소리를 다시 찾아내곤 했다. 나는 그게 이상한 짓인 줄 알면서도 그런 행동을 반복하며 밤을 꼬박 새웠다. 잠에서 깬 남편을 방에 데리고 들어와 그 소리를 같이 들어보려 했지만 남편이 일어나기 전까지도 들리던 소리가 이상하게 전혀 들리지 않았다. 남편은 아이를 보느라 힘들어 신경이 곤두서서 환청을 들은 것 같다며 나를 안아 토닥거리며 고생하네, 고맙네 이런 말을 했지만 나는 그런 듣기 좋은 소리가 아니라 그 소리를 함께 듣고 싶을 뿐이었다. 그 노래는 매일 밤 계속 되었고 어떤 날은 낮에도 들렸다. 듣다 보니 후렴구가 명확하게 귀에 들어오기 시작해 결국 그 노래가 브리트니 스피어스의 「Toxic」이라는 것을 알게 되었다. 그 순간부터 곡 전체가 다 들리기 시작해 따라 부를 수 있을 정도였다. 그런데도 남편은 여전히 그 소리를 듣지 못했기에 내가 혹시 환청을 듣는 게 아닐까 의심이 됐다. 나는 이 음악을 듣는 사람이 이 아파트에 나 말고 또 있는지 확인하고 싶기도 했고 하소연할 데도 필요해 지역 맘 카페의 익명 방에 글을 올렸다.

제목 Toxic 환청

작성자 초보맘

ㅁ동 아파트에 사는 1개월 초보 맘이에요.

얼마 전부터 몇 호인지 알 수 없지만 밤낮없이 브

리트니 스피어스의 톡식을 무한반복으로 틀어놔서 미칠 것 같아요.
우리 집에서는 좀 먼 집인지 소리랑 진동이 아주 작게 들리는데 신경을 건드리네요.
댄스 연습을 하는 건지 누구를 괴롭히는 건지 모르겠지만 우퍼를 엄청나게 빵빵하게 틀어서 소리보다 진동이 더 잘 들리고요. 소리가 벽을 타고 다닌다는 게 무슨 얘기인지 알 것 같아요.
아기를 보거나 남편이랑 있을 때, 티비를 볼 때는 안 들리고 혼자 안방에 조용히 있어야 들려서 남편은 한 번도 못 들었어요.
안 들리면 신경을 안 써버리면 되는데 제가 어느새 정신을 집중해서 소리를 찾고 있더라고요.
차라리 크게 들리면 민원을 넣으면 되는데, 우리 집에서 너무 작게 들리고, 혹시 나만 듣는 거 아닌가 싶기도 하고…… 너무 괴롭네요.
혹시 우리 아기가 많이 울어서 저 들으라고 틀어놓은 건가 싶기도 해요. (태어난 지 일주일 만에 항의 전화 받은 아기예요 ㅠㅠ)
아기가 어려서 나가지도 못하는데 집 안에 갇혀서 고문당하는 느낌이에요.
이젠 가만히 있어도 환청이 들리는 것 같아요. 누가 저 미치지 않았다고 증명 좀 해주세요.

글을 쓴 것만으로도 마음이 조금 나아지는 듯했다. 내가 1개월밖에 안 된 아기의 엄마여서 그런가 위로와 응원 댓글이 열 개가 넘게 달렸고 나와 비슷하게 층간소음으로 고통받는 사람들이 남 일 같지 않다며 층간소음 대처법을 알려주기도 했다. 따로 답글이 하나 달렸는데, 나는 그것을 보고 이게 생각보다 더 심각한 일이라는 것을 알게 되었다.

제목 당신은 미치지 않았어요.
작성자 익명전문가
초보맘님, 당신은 미치지 않았어요. 미친 건 그 사람이에요.
아는 언니네 집 아래층 사는 사람이 조금 이상한데 위층을 공격한다고 한 달째 그 노래를 돌리고 있다나 봐요.
밤에 자는데도 시끄럽다면서 인터폰을 하고, 천장을 치고 하더니 결국 화장실 천장에 우퍼를 달았나 보더군요.
피해를 보는 게 언니네 집뿐 아니라 주변 여러 집이라는데 다들 아무리 민원을 넣고 경비, 관리소장, 경찰 다 찾아가 봐도 전혀 반응이 없다는 것 같더라고요.
저는 이사 온 지 얼마 안 돼서 몰랐는데, 오래 산 사람들은 다 아는 유명한 정신이상자래요. 요즘 세상이 너무 흉흉하니 조심하세요.
참, 당신이나 아기를 공격하는 게 아니니까 너무 걱정 마시고요.

---

re) 아파트녀 : 저도 거기 사는데 혹시 몇 호인지 알 수 있을까요? 여기에 답하기 곤란하시면 쪽지 주세요.

---

re) 익명전문가 : 베란다 창 전체에 신문 붙여놓은 집이에요. 보면 아실 거예요.

---

re) 피해자 : 피해자 한 명 추가요. 제가 신고해서 경찰이 왔는데 음악을 끄더니 없는 척하고 문을 안 열더라고요. 경찰도 어쩔 수 없다고 하면서 돌아갔어요. 나라에서 이런 사람들을 좀 어떻게 해줬으면 좋겠어요.

남편은 내가 환청을 들은 게 아니어서 다행이라고 했다. 우리와는 전혀 관계없는 일이니 소리가 들리든 말든 이제 마음을 놓자고 말했지만, 우리가 사는 아파트에 저런 일이 일어나고 있다는 것에 놀란 눈치였다. 남편은 걱정이 되는지 밖에 나가 베란다 창을 확인하고 와서는 우리 집과는 거리가 멀다며, 그래서 소리가 작았나 보다고 했다. 사실 나도 그 집이 어디인지 확인해보고 싶었지만 너무 가까운 곳에 있을까봐 두려워서 못 한 것인데 남편이 확인해주어서 다행이었다. 남편은 내가 그 작은 소리를 들을 수 있었던 것은 우리가 서로의 일에 지쳐 이야기를 나눌 시간도 없이 각자의 시간 속에 있었기 때문인 것 같다며 외롭게 그냥 두어서 미안하다고 했다. 예전 같았으면 남편의 말에 감동받았을 텐데, 나는 남편이 요즘 외로웠나 보다 생각할 뿐이었다. 나는 성빈이를 울리지 않는 데에만 온 신경이 집중돼 있었고, 모든 감각이 예민해져 그 소리를 들을 수 있었던 것이지 남편의 말처럼 내 심리의 반영이 아니고 병증도 아니었다. 남편의 초점이 나간 달콤한 말보다 당신이나 아기를 공격하는 게 아니라는 익명전문가의 말이 나에게는 더 큰 위로가 되었다. 저 노래가 나를 공격하는 무기가 아니라는 사실을 아는 것만으로도 숨을 편하게 쉴 수 있었다.

나는 성빈이의 울음에 조금 관대해졌다. 울리지 않기 위해 애쓰기보다 우는 아이를 달래는 게 더 나았다. 경험치가 쌓이고 나니 울음소리를 들으면 대충 이유를 알 수 있었고 성빈이가 우는 시간은 줄어들었다. 내가 초조해하지 않으니 성빈이도 편안함을 느끼는 것 같았다. 그러다 보니 밤은 더 조용해져서, 남편에게 말은 하지 않았지만, 그 소리는 그 전보다 더 잘 들렸다. 그쪽에서 더 크게 튼 건지 아니면 내가 그 소리를 잘 찾아내는 건지 알 수 없었지만 노래는 나를 온종일 따라다녔다. 음악 소리가 멀리 있고, 나를 공격하지 않는다는 생각으로 간신히 마음을 추슬렀을 뿐이지 실은 괜찮지 않았다.

그 음악은 내 이웃에 이상한 사람이 살고 있다는 사실을 계속 환기시켰다. 그 사람의 존재를 알게 된 날부터 나는 그 알 수 없는 사람이 나와 성빈이를 언제고 해칠 것 같다는 생각이 들었다. 그 생각은 점점 커져 결국 입 밖으로 새어 나갔고 그 말을 들은 남편은 우리와는 전혀 관계없는 일이니, 마음에 담아두지 말라고, 나쁜 일은 절대로 일어나지 않을 거라고 나를 안심시켰다. 나는 남편의 말이 끝나기도 전에 멀리서 들려오는 「톡식」의 전주를 찾아내고는 숨을 죽이고 귀를 가리키며 남편에게 들어보라는 시늉을 했다. 남편은 갑자기 성빈이가 나를 닮아 예민한 거라고 맥락도 없는 얘기를 화가 가득 찬 목소리로 해댔다. 나는 우리의 대화에 자꾸 가려지는 노래를 찾으려고 말을 멈췄다. 남편도 조용해주면 좋겠건만, 그는 나에게 많이 화가 났지만 그것을 감추기 위해 애쓰고 있다는 것을 보여주기 위한 말투로 일갈했다.

"성빈이를 보는 네가 힘든 것처럼 너를 보는 나도 힘들어. 제발 좀 뭐든 간에 아무것도 아니라고 생각하고 살자."

지금까지 살면서 나를 신경 쓰이게 하는 그것 중 아무것도 아닌 것은 하나도 없었기에 남편의 말처럼 살 수는 없을 것 같았다.

쉴 새 없이 쿵닥거리던 음악은 어느 날 낮에 갑자기 사라졌다. 하던 일을 멈추고서 귀를 기울여

봐도 그 노래는 들리지 않았다. 머리를 짓누르던 커다란 것이 사라진 듯해 홀가분해졌다. 나는 이상한 이웃에 관한 생각을 더는 떠올리지 않기로 했다. 모든 게 끝난 줄로만 알았던 그날 밤, 우우우우 하는 소리가 아주 작게 들려오기 시작했다. 예전 노래처럼 진동이 느껴지는 비트가 없어서 견딜 만은 하겠다고 생각했을 때 여자가 흐느껴 우는 소리가 들렸다. 아니 우는가 싶으면 웃는 것 같고 그러다 신음 소리를 내는 것 같기도 했다. 도무지 무슨 소리인지 알 수 없는 말들과 정체를 알 수 없는 악기 소리가 불규칙하게 들려왔다. 갑자기 들리는 현악기 소리에 놀란 성빈이가 자지러지게 울기 시작했다. 팔다리를 허우적거리며 눈을 질끈 감은 채 온 힘을 다해 울었다. 그 소리에 잠에서 깬 남편이 놀라 달려왔다. 남편이 안아 올리자 성빈이는 목이 쉴 정도로 울어댔다. 나는 그 상황에서도 울음소리를 들은 이웃이 민원을 넣을까 걱정이 됐다. 남편이 애가 갑자기 왜 이러냐고 묻는데 나는 모르겠다고 했다. 새로 들리기 시작한 소리에 대해 이야기를 해도 남편은 못 들을 뿐 아니라 싫어할 것 같았고, 성빈이가 예민한 나를 닮아 그런 소리에 경기하듯 우는 거라고 생각하게 되는 게 싫었다.

성빈이는 더 이상 울 수 없을 정도로 지쳤는지 잠이 들었다. 우리 둘 다 녹초가 되어 성빈이 옆에 누웠는데 아까 들리던 여자 울음소리가 다시 들리기 시작했다. 그 소리를 남편도 들었는지, 성빈이가 이 소리를 듣고 운 것 같다고 했다. 남편은 그 기괴한 소리가 황병기의 「미궁」이라는 연주곡인데, 층간소음으로 고통당하는 사람들이 마지막으로 쓰는 방법이라고 했다. 다시 현악기 소리가 들리자 그 소리에 성빈이가 깨서 울기 시작했다. 우리는 소리를 피하기 위해 성빈이를 거실로 데리고 갔다. 성빈이는 온 아파트 사람을 깨울 기세로 소리를 지르며 울었다. 좀처럼 달래지지 않아 식은땀을 흘리고 있는데, 거실 천장을 발로 구르는 소리가 들렸다. 울음소리에 대한 위층의 항의 같았다. 새벽 시간에 잠을 깨울 정도로 울어대니 그럴 만도 하겠다는 생각이 들었다. 그러나 그 소리는 한 번으로 그치지 않고 성빈이가 우는 동안 계속됐다. 그 소리 때문에 성빈이는 더 크게 울었고, 그럴수록 위층에서는 거실의 전등이 흔들릴 정도로 크게 발을 굴렀다. 성빈이의 울음이 그쳐야 끝나는 일인데 도저히 불가능해 보였다. 우리는 우는 아이를 데리고 다시 안방으로 들어갔다. 위층 사람은 안방으로 따라와 우리 머리 위를 계속 발로 굴러댔다. 성빈이는 도무지 울음을 그칠 기미가 보이지 않았고 이대로 가다간 탈진할 것 같아 걱정스러웠다. 나는 가슴이 터질 것처럼 뛰고 혈압이 올라 얼굴이 화끈거리고 어지러웠다. 성빈이의 울음이 발단이었지만, 이 정도면 너무하다 싶었다. 나는 아기를 울리지 않는 방법을 몰랐다. 나는 남편에게 위층도 깨어 있는 게 분명하니 먼저 사과를 하고 양해를 구하는 편이 낫지 않을까 물었다. 경비 아저씨에게 먼저 인터폰을 해보려고 하자 남편은 새벽에 무슨 짓이냐며 정신 차리라고 했다. 일단 성빈이를 달래 재우는 게 제일 급하다고 나를 진정시켰다. 우리는 온 집 안을 돌아다니며 위층의 발소리를 피해 가면서 성빈이를 재웠다. 성빈이는 잤다기보다 탈

진해서 기절한 거나 다름없었다. 성빈이의 울음이 그치고 나서야 위층의 발소리도 사라졌다. 우리 세 식구는 거실에 쓰러져 잤다.

다음 날 나는 남편에게 윗집 사람에게 사과하고 아기가 조금 클 때까지 양해를 구해야겠다고 했다. 그러지 않으면 마음 편히 지내기 힘들 것 같았다. 남편은 우리가 윗집을 직접 찾아가면 법적으로 처벌받을 수도 있다면서 절대로 올라가지 말라고 했다. 나는 관리사무소를 통해 만나겠다고 했지만, 내가 만나기에 만만한 상대는 아닌 것 같다며 자기가 해결하겠다고 했다. 그러나 나는 한시라도 빨리 일상을 되찾고 싶었다. 나는 관리사무소에 전화를 걸어 전날 있었던 일을 이야기하고 위층과 연결해주든지 중재해주길 바란다고 했다. 관리소장은 위층에 연락도 해보지 않고 그들이 일체의 연락을 안 받고 있어서 중재하기가 쉽지 않다고 했다. 관리소장이 우리를 직접 보면 그래도 조금 애써줄지 모른다는 생각으로 성빈이를 아기 띠에 안고 관리사무소를 찾았다. 가는 길에 나는 아파트 거실 창 중 신문지가 덕지덕지 붙어 있는 창문을 찾았다. 11층 왼쪽에서 두 번째, 우리 집 바로 위층이었다. 내가 그렇게 두려워했던 사람이 바로 내 머리 위에 살고 있었다는 것을 뒤늦게 알았다. 남편이 위층에 올라가지 말라고 했던 것과 관리소장이 중재가 어렵다고 했던 이유를 알 것만 같았다.

"아기도 어린데 골치 썩이지 말고 그냥 이사 가세요. 사과하고 부탁을 한다고 들을 사람들이 아니에요. 저런 집이랑 붙어 살면 잃는 게 더 많아요. 아기가 운다고 난리 치는 사람이 어디 정상입니까?"

나는 그의 말에 위로를 받았다. 위층에 대한 미안한 마음이 사라지고 나자 두려움도 옅어지는 것 같았다. 성빈이가 울면 위층은 계속 음악을 틀고, 바닥을 두드리고, 발뒤꿈치로 쿡쿡 찍으며 온 집 안을 걸어 다니고, 공을 튀기고, 줄넘기하고, 실내에서 할 수 없는 일들을 했다. 남편은 이 집에서 도저히 살 수 없을 것 같다고 했지만. 이상하게 나는 아무렇지도 않았다. 윗집에 미안한 마음이 없다 보니 내가 하고 싶은 대로 할 수 있었다. 나는 청소 밀대를 길게 빼 들고 소리가 나는 천장을 찾아 쿵쿵 치며 이제 괜찮아, 속이 시원해, 라고 했을 때 남편은 입을 다물지 못했다. 만약 잔소리라도 했다면 남편도 무사하지 못했을 텐데 내가 심상치 않게 느껴졌는지 보고만 있었다. 나는 위층에서 이상한 소리가 들리면 천장에 공을 튕겨서 받고, 청소기로 천장을 밀었다.

싸움의 가장 큰 피해자가 성빈이라는 것을 그때는 미처 몰랐다. 여자와 싸우는 동안 나는 성빈이의 존재를 잠시 잊었다. 성빈이의 울음소리는 더 이상 달래야 할 것이 아니라 윗집을 공격하는 좋은 무기일 뿐이었다. 윗집과 내가 만들어내는 소음들은 성빈이를 불편하고 아프게 했다. 그럴수록 성빈이는 더 크게 울었고 나는 그 울음이 윗집을 힘들게 하리라는 것을 알았다. 나는 울음소리가 크게 전달되도록 소파에 올라서서 성빈이를 달랬다. 거울에 비친 그 모습을 우연히 보고 경악을 했다. 눈물범벅이 된 새빨간 성빈이의 얼굴에 대비되는 밝게 웃는 얼굴의 나. 성빈이와 나를 해친 것은 갑자기 나타난 위층 여자가 아니라 바로 내 자신이었다. 더 망가지기 전에 나는 아무래도 이사를 하는 편이 낫겠다고 생각했다.

1111

세상은 너무 시끄럽다. 그리고 인간은 소음을 만드는 기계다. 내 독자적인 생각인지, 엄마가 나에게 주입한 생각인지 모르겠지만, 이 말은 거의 맞는 말인 것 같다. 엄마는 조용한 세상을 꿈꾸지만 그건 이룰 수 없는 꿈인 것 같다. 꿈을 이루지 못한 엄마는 점점 망가져 가고 있다.

엄마는 또다시 어두운 거실 가운데에 우두커니 서 있었다. 나는 어둠 속에서 엄마의 실루엣을 보고 소스라치게 놀라 소리를 질렀다.

"혹시 네가 낸 소리니?"

엄마는 신경질적으로 물었다. 엄마가 또 무슨

소리를 들었는지 모르고 내가 무슨 소리를 냈을지도 알 수 없지만 난 반사적으로 아니라고 강하게 부정했다. 엄마를 괴롭혔던 윗집과 아랫집 모두 이사를 하는 것으로 층간소음은 사라졌는데도 엄마는 자꾸 무슨 소리가 들려온다고 했다. 엄마는 숨을 죽인 채 허공을 향해 귀를 기울이고 서 있다가 잠시 후 바닥에 귀를 대고 엎드렸다. 이것 봐라. 콩콩, 깔깔, 짝짝, 아이 웃는 소리도 나네, 아주 난리가 났어. 이 소리 때문에 깼다니까. 너도 들어봐. 엄마는 기어이 나를 바닥에 엎드리게 했다. 엄마와 내가 이러고 있는 게 웃겨서 킥킥거리자 등짝을 때리며 조용히 들어보라고 했다. 아무리 귀를 기울여도 쿵쿵거리는 내 심장 소리 말고는 아무것도 안 들렸다. 안 들려서 안 들린다고 하는데, 엄마는 내가 집중하지 않아 못 듣는 거라며 정신을 차리라고 했다. 집중까지 해야 들리는 거면 안 들리는 거나 마찬가지 아니냐는 내 말에 아랑곳하지 않고 엄마는 소리가 분명히 들린다고 우겼다. 어딘가 아이 키우는 집에서 아이가 뛰고 장난치고 있는데, 가만 놔두면 그 소리가 남의 집에 들리는 줄도 모르고 계속할 거라고 했다.

엄마는 너무 민감했고, 점점 더해져 가는 것 같다. 엄마는 이제 다른 집 화장실 물 내려가는 소리, 설거지하는 소리, 샤워하는 소리까지 듣는 것 같았다. 내가 내는 아주 작은 소리까지 거슬린다고 신경질을 부릴 정도였다. 연필심이 사각거리며 종이를 긁는 소리, 지우개가 그림을 지워나가며 책상을 울리는 소리, 의자 바퀴가 굴러가는 소리, 이어폰에서 새어 나가는 음악 소리까지 엄마를 거스르게 했다. 엄마는 모든 소리들이 자신을 공격하는 것처럼 느꼈고, 실제로 심각한 두통과 불면을 얻었다. 도대체 엄마의 몸은 뭘로 만들어져서 저렇게 민감한 건지, 나로서는 도무지 이해할 수 없는 증상투성이였다. 바람이 불면 몸이 시려 파르르 떨고, 빛이 비치면 피부가 부풀어 올랐다. 10년 전부터 생겼다는 이런 증상 때문에 문을 마음대로 여닫을 수도 없고 커튼을 열어 빛을 볼 수도 없었다. 집 안은 늘 컴컴했고 고여서 썩어가는 공기로 가득했다. 오랜 세월 환기하지 않은 집의 냄새, 해가 들지 않는 실내에서 말린 빨래의 냄새가 내 몸을 덮어버렸다. 나만 맡을 수 없었던 그 냄새 때문에 나는 아이들이 쉽게 모욕할 수 있는 아이가 되어버렸다. 그렇게도 민감한 엄마는 신기하게도 냄새가 나는 건 전혀 알아차리지 못했고, 말을 해줘도 못 맡았고, 그러니 그게 얼마나 심각한 문제인지도 잘 몰랐다. 그걸 근거로 엄마는 자기가 민감한 사람이라는 것을 인정하지 않았다. 냄새는 안 나서 못 맡는 거고, 바람과 햇빛에 민감한 건 병이라고 했다. 소리는 들리기 때문에 듣는 거지 자신이 민감해서 듣는 게 아니라고도 했다. 엄마가 민감하다는 말에 민감하게 굴어서 나는 더 할 말이 없었다.

엄마는 집 안의 모든 벽에 귀를 대보며 왔다 갔다 했다. 엄마는 화장실 벽에 귀를 대고 미간을 찌푸리고 있다가 갑자기 활짝 웃었다. 나는 소름이 끼쳤다.

"옆집이었어! 이리 와서 들어봐, 너도 들릴 거야."

엄마는 후련하다는 듯 말했다. 나에게는 아무것도 들리지 않았지만, 엄마는 옆집 화장실에서 아이를 씻기는 소리가 들린다고 했다. 엄마는 옆집에 아이가 있다는 것을 까맣게 잊고 있었다고 했다. 옆집의 지안이가 일곱 살이 되었는데 그 존재를 잊을 정도였다면 지금껏 조용하게 살았다는 거고, 하루 정도 시끄러울 수 있는 일인 것을, 아무리 엄마지만 이건 너무하다 싶었다. 엄마는 곧바로 관리실에 인터폰을 걸어 옆집이 시끄럽게 굴고 있다며 아이를 조용히 시켜달라고 했다. 관리소장이 엄마에게 뭐라고 했는지 한참 실랑이하다가 인터폰을 끊었다.

엄마는 계속 벽 너머에서 소리가 들린다며 안방 장롱을 주먹으로 텅텅 하고 쳤다. 나는 깜짝 놀라 잠시 말을 멈추었고 엄마는 아직 소리가 들리는지 잠자코 귀 기울였다. 엄마는 벽을 치고 나니 소음이 사라졌다며 속이 시원하다고 했다. 엄마는 지난번 층간소음 분쟁에서 썼던 고무망치를 벽장에서 꺼내 본격적으로 벽을 두드리려고 했다.

"먼저 상식적인 차원에서 이야기해보고 시작해도 늦지 않아요, 엄마."

나는 엄마에게 하루를 더 지켜보자고 했다. 나는 오전 여덟 시부터 오후 일곱 시까지 옆집에 사람이 없다는 사실을 알고 있었다. 낮 동안 조용하면 엄마의 화도 좀 누그러들고 잠깐의 소음 정도는 참을 수 있게 되지 않을까 싶어서였다. 그러나 엄마는 기다릴 생각은 없고 옆집에 어떻게 이야기를 꺼낼 것인가 고민하는 것 같았다. 엄마는 위층과 한참 싸울 때 옆집 아줌마가 전화를 건 이야기를 했다.

"밤마다 음악 소리 안 들리세요? 의자 끄는 소리도 들리고 천장 쿵쿵 치는 소리도 들리는데, 우리 집에서만 들리나 해서요. 어느 집에서 그러는지 모르겠는데, 밤마다 너무 힘드네요. 혹시 우리 집이 시끄러워서 저 들으라고 하는 소리가 아닌가 싶어 걱정도 되고요."

아줌마는 우리 집에서 내는 소리인 것을 알면서도 듣는 사람이 기분이 상할까봐 돌려서 물은 것이 분명했다. 엄마는 우리 집에도 들려서 힘들다고 죽는소리하면서 우리가 내는 소리가 아닌 척했다. 아줌마네 집은 조용하니 그 집을 향한 소리는 아닐 거라고 대답하며 안심시키면서도 내심 많이 미안했다고 했다. 우리는 윗집만을 공격하고 있다고 생각했지, 다른 집을 괴롭히고 있을 거로는 생각하지 못했다. 엄마는 안방과 벽을 맞대고 사는 옆집에 피해를 주지 않기 위해 되도록 거실 쪽 천장에 우퍼를 달았다. 만약 전화를 걸어 다짜고짜 따졌다면 옆집도 공격했을지 모른다며 엄마는 옆집 아줌마의 세련된 대응을 감탄했다. 엄마도 옆집에서 소리가 나면 그렇게 이야기를 해봐야겠다고 준비하고 있었다. 나는 옆집 식구들이 돌아오는 시간이 되자 가슴이 두근거렸다. 엄마가 무슨 짓을 할지 전혀 예측할 수 없었다. 엄마가 다짜고짜 시비를 걸어 싸우게 될까 걱정스러웠다. 나는 너무 적막한 날이면 지안이와 함께 지나가는 아줌마를 기다리곤 했다. 아줌마는 창가에 앉아 있는 나를 그냥 지나치지 않고 다정하게 말을 걸어주며 막대사탕이나 캐러멜을 나눠주곤 했고 지안이는 내 손에 하이파이브를 하고 지나갔다. 나에게 둘은 따뜻한 사람들이었는데 엄마가 그 관계를 망가뜨리게 될 것 같아 슬펐다.

엄마는 안방에 앉아 옆집에 귀를 기울이며 언제 전화를 걸지 타이밍을 보고 있었다. 나로서는 엄마가 신경 쓰지 말고 할 일을 했으면 좋겠는데, 딱히 할 일이 없어 저러는 건가 싶어서 한심스럽기도 했다. 엄마나 나나 집에 앉아서 하는 일도 없이 하루하루 늙고, 하루하루 죽어가는 건가 하는 생각이 들어 서글퍼졌다. 엄마가 옆집에 전화를 걸 기회는 없었다. 옆집에서 소리가 들리기도 전에 인터폰이 울렸다. 인터폰이 좋은 이유로 울리는 경우는 거의 없으므로 가슴이 철렁 내려앉았다. 우리로 인해 인터폰을 받았던 사람들이 이런 느낌을 받았다면 엄마의 공격은 꽤 효과적이었던 것 같았다. 엄마는 인터폰을 실수로 받았다. 관리소장은 옆집에서 우리가 어제오늘 옆집 벽을 치는 것 같다며 할 말이 있으면 전화를 해달라고 했다고 전했다. 엄마는 이때다 하고 전화를 걸었다.

"혹시 저희 때문에 힘든 게 있으시면 말씀해주세요. 어제오늘 벽을 치시는 것 같아서요. 무슨 일인가 싶어서 연락드렸어요."

아줌마의 단도직입적 질문은 엄마를 당황하게 했다. 엄마가 준비했던 우회적인 말은 다 소용없게 되었고, 엄마도 직접적으로 대답해야 했다.

"요즘 아이가 콩콩거리고 걷는 소리 때문에 머리가 울려요. 우리 윗집은 층간소음 매트를 빼곡히 깔아놨던데 그렇게 했는지 모르겠네. 모두 덧신 신으시고, 아저씨는 뒤꿈치로 바닥 찍지 마셨으면 싶은데……. 참, 복도 지날 때도 조용히 다니시고요. 우리 애가 늦게까지 공부를 하는데 아침에 나갈 때 너무 시끄러워서 잠을 설치는 것 같더라고요."

내가 늦게까지 공부한다니, 그리고 뒤꿈치 찍는 소리는 들은 적도 없는데 엄마는 거짓말을 진짜처럼 잘도 했다. 옆집 아줌마는 바로 사과했다.

"정말 죄송합니다. 저희가 그렇게 시끄럽게 구는 줄 몰랐어요. 아이도 주의시키고 어른들도 주의할게요. 그런데 하나 부탁드릴 게 있는데요, 벽을 치지 마시고, 시끄럽다 싶으면 문자를 주세요. 그러면 바로 조용히 시킬게요. 아이가 놀라기도 하고 저도 가슴이 두근거려서요."

엄마는 그동안 벼르고 있던 마음이 풀어진 사람처럼 편안한 얼굴로 전화를 끊었다. 자기 아이가 뛰었다 바로 인정하고 사과를 했다고 했다. 나는 엄마가 옆집 아줌마와 싸우지 않았다는 것만으로도 마음이 놓였다.

"다행이에요, 엄마. 신경 쓰지 않아도 될 것 같아요."

하지만 엄마는 뭐가 탐탁지 않은지 떨떠름하게 말했다.

"이사 간 윗집도 처음부터 미안하다고는 했어. 말뿐이어서 탈이었지. 결국엔 니 아빠까지 끌어들였잖아."

다행스럽게도 옆집 아줌마는 말뿐 아니라 정말 소음을 줄이기 위해 노력했다. 엄마는 아이 소리가 들리면 문자를 보냈다. 엄마는 지안이가 복도를 지나 현관에 들어서 신발을 벗고 방으로 걸어가는 소리가 들린다고 했다. 사실 나는 엄마가 진짜 옆집에서 나는 소음을 듣는 건지 알 수 없었고 설령 난다 해도 그게 엄마를 괴롭히고 있다는 걸 다 믿을 수는 없었다. 사실 오전 여덟 시에서 오후 열 시 사이에 나는 생활 소음에 대해서 뭐라고 하는 건 좀 너무한 것 같기도 했다.

옆집 아줌마는 좀 과하다 싶은 엄마의 문자에도 죄송하다, 조용히 시키겠다는 답을 보냈다. 그래도 엄마는 성에 차지 않는 것 같았다. 엄마는 돌아오는 문자가 거의 비슷하다며 복사해서 붙여 넣기를 하는 게 아닌지 의심했고, 옆집 아줌마가 진짜로 미안해하는 것 같지 않다고 투덜거렸다. 엄마는 문자 보내는 것을 그만두었다. 어차피 또 미안하다고 할 거고, 그런 반복을 굳이 할 필요는 없는 것 같다고, 문자 한 번보다 벽을 두드리는 게 효과적이라고 말했다. 나는 그 말이 조용히 시키는 데 효과적인 게 아니라 불쾌하게 만드는 데 효과적이라는 말처럼 들렸고, 엄마의 진짜 목적이 그게 아닐까 하는 생각이 들었다.

엄마는 시도 때도 없이 벽을 두드렸는데도 옆집에서는 포기했는지, 그냥 견디고 있는 것 같았다. 엄마는 좀 심해져서 한 번 두드리고 마는 게 아니라 소리가 멈출 때까지 계속 두드렸다. 엄마에게는 들린다지만 나에겐 아무 소리도 들리지 않았다. 옆집 아줌마는 수긍이 갈 때는 참았지만 못 참고 문자를 보내올 때도 있었다. 아이가 앉아서 밥을 먹고 있습니다, 아이가 자고 있습니다, 우리 집에서 나는 소리가 아니에요, 일곱 시에 들어와서 아홉 시 전에 잡니다, 저희도 최대한 노력하고 있으니 조금만 양해해주세요. 엄마는 이런 문자들이 오면 화가 났지만, 답을 하지 않았다. 옆집 아줌마가 변명하는 것 자체를 못마땅해했다. 잘못했건 아니건 상대방이 그냥 잠자코 당해야 엄마는 속이 시원한 것 같았다. 다행스럽게도 옆집 아줌마는 엄마보다 상식적인 사람인지 다른 행동을 취하지는 않았다. 그때 멈췄어야 했는데, 엄마는 어떤 일이 돌아올지도 모르고 계속 벽을 두드렸다.

그날 엄마는 일찍부터 시끄러운 소리가 들린다고 했다. 평소보다 큰 발소리, 말소리가 내 귀에도 어렴풋이 웅웅거리며 들렸다. 손으로 벽을 두드리던 엄마는 참지 못하고 고무망치를 꺼내 안방 벽, 화장실 벽, 내 방 벽을 오가며 쿵쿵 두드렸다. 그래도 소리가 잦아들지 않자 옆집 아줌마에게 문자 메시지를 보냈다. '오늘따라 유난히 시끄러워서 견딜 수가 없네요.' 조금 뒤에 답 문자가 왔다. '시끄러워 견딜 수 없는 건 저라고요. 벽 두드리는 소리가 더 시끄럽지, 씻고 옷 갈아입는 게 시끄러울 리가요.' 문자를 받은 엄마는 얼굴이 시뻘게져서는 몸을 부들부들 떨었다. 그렇게까지 부들거릴 일도 아닌데 엄마는 또 예민하게 굴었다. 엄마는 전혀 사과하지 않는 옆집 아줌마의 태도에 분노했다. 엄마는 참지 못하고 전화를 걸었다.

"새벽부터 시끄럽게 굴었으면 사과를 먼저 해야 하는 거 아닌가? 그동안 참았더니 정말 너무하네."

엄마는 언성을 높였다. 더 큰 소리로 옆집 아줌마가 말했다. 엄마는 손이 떨려 전화기를 잡고 있을 수가 없다며 스피커폰을 켰다.

"그동안 참기라도 한 사람처럼 말씀하시네. 지금이 아침 아홉 시가 넘었어요. 일곱 시가 아니라 아홉 시라고요. 당신들이 밤에 깨어 있든 아침에 잠을 자든 간에 남들은 이 시간에 다 일어나 생활한다고요. 애가 뛰어다닌 것도 아니고 소리를 지른 것도 아니고 씻고 옷 갈아입는데, 이따위 문자를 받을 이유가 없다고요. 그렇게 못 참겠으면 소음을 측정해서 소송을 해요. 안 하는 게 아니라 못 하는 거겠지. 안 시끄러우니까. 차라리 주택에 혼자 가서 사세요. 애 입학식이라 얼른 준비하고 나가려는데 뭘 어쩌자는 거예요."

엄마는 대답할 수 없는 상태로 보였고, 나라도 무슨 말을 해야 할 것 같았다.

"그래도 너무 시끄럽게는 하지 말아야……."

"우리가 무슨 소리를 냈다고 이러는데? 그렇게 시끄러우면 우리 식구 다 죽어줄까?"

이미 내가 무슨 말을 하든 상관없는 상태였다. 옆집 아줌마는 이성을 잃은 것 같았다.

"와, 아줌마 말 심하게 하시네. 이제 그만 하세요."

나는 더 할 말이 없었고 아줌마가 이제 그만해줬으면 하는 생각이었다.

"이제 시작인데 뭘 그만해. 누가 이상한 건지 생각 좀 하고 살아, 미친년아. 낮에 처자고 밤에 깨서 지랄이고……. 니 귀에 들리는 소리가 왜 내

탓이야. 니 정신줄이나 똑바로 잡고 살아."

아줌마는 이성을 잃고 소리소리 질러댔다. 내가 전화를 끊었는데도 욕하는 목소리가 창문을 넘어 복도에 쩌렁쩌렁 울렸다. 아줌마는 분이 풀리지 않는지 집에서 뛰쳐나와 우리 현관문을 발로 차면서 엄마더러 나오라고 소리를 질러댔다. 층간소음 때문에 싸운 이웃 중 이런 사람은 처음이었다.

엄마는 112에 신고를 했다며 나가지 말라고 했다. 경찰이 도착할 때까지 아줌마는 현관문을 차고, 소리를 지르고 내가 들은 적도 없고 따라 할 수도 없는 욕지거리를 해댔다. 아줌마 남편이 나와서 말리자 남편에게도 욕을 했다. 남편도 아줌마에게 욕을 했다. 나는 지안이가 이 광경을 보고 있을까봐 걱정스러웠고, 이렇게까지 된 것에 괴로운 마음이 들었는데, 엄마는 아무렇지도 않아 보였다. 저 여자가 미쳐서 애 입학식에도 늦겠다며 피식 웃는데, 나는 소름이 끼쳤다. 복도는 부부가 뱉어내는 욕으로 가득했다. 밖에서 나는 소리가 엄마 귀에만 들리는 소음보다 훨씬 클 텐데도 엄마는 아무렇지 않은 것 같았다. 경찰이 오자 아줌마는 반색하며 지금까지 있었던 일을 이야기했다.

"마음은 이해가 가지만요, 아무리 화가 나도 남의 집으로 찾아오시면 안 됩니다. 아주머니, 따님 입학식에 늦지 않게 가세요. 저는 신고가 들어오면 출동해야 하는 거라 온 겁니다. 신고하신 분, 문 여세요."

경찰이 문을 열라고 했지만, 엄마는 열지 않았다. 아줌마는 우리가 듣기를 바라는 것처럼 큰소리로 그에게 말했다.

"경찰관님, 저 미친 여자를 아파트에서 내쫓는 방법 좀 가르쳐주세요. 무서워서 살 수가 없어요. 윗집, 아랫집도 다 쫓아냈다고요. 저 집 하나가 온 아파트를 괴롭게 만들어요. 저 집 딸도 미쳐서 엄마랑 똑같이 군다니까요. 집에 종일 처박혀서 뭘 하는지, 무서워서 복도 앞을 못 지나다니겠어요. 언제 뛰어나와 우리 애를 해칠까봐 너무 무서워요."

아줌마가 하는 이야기가 내 마음을 깊이 찔렀

다. 세상에 나에게 몇 안 되는 우호적인 사람 중 한 명이 사라졌다. 경찰은 허허 웃으며 말했다.

“세상이 무서워서 이런 사람들 함부로 건드리면 안 돼요. 신고가 워낙 많이 들어온 집이긴 한데, 저희도 어떻게 해드릴 수 없으니 참 곤란합니다.”

집 안에서 우리가 듣고 있는 줄 알면서도 경찰까지 우리를 욕했다. 복도에 또 다른 누가 있었는지 모르겠지만, 누구도 우리 편을 들어주지 않았다. 세상에 엄마와 나 단둘이 남아 있는 것 같은 기분이 들어 눈물이 났다. 나도 나지만 엄마가 너무 불쌍했다.

그날 이후 엄마는 옆집과 문자를 하거나 통화를 하지 않았다. 옆집에서도 어떤 연락도 오지 않았다. 그리고 지안이와 옆집 아줌마가 지나가는 소리를 통 듣지 못했다. 초등학교에 입학한 뒤로 오가는 시간이 바뀐 것 같은데 도무지 언제인지 알 수가 없었다. 나는 지안이를 해칠 생각이 없었는데, 해칠 수 있는 사람으로 오해받은 것이 마음 아팠다. 이 부분에 대해서는 꼭 해명하고 싶었으나, 아줌마를 볼 수 없으니 그럴 기회도 없었다. 엄마는 종일 온갖 소음에 시달렸다. 아이가 떠드는 소리, 자동차 소리, 귀신 소리, 신음, 바닥을 쿵쿵 치는 베이스 소리가 옆집으로부터 들려왔다. 옆집에는 분명히 아무도 없을 텐데 나도 그 소리를 들었다. 나도 예민해진 건가 싶게 크게 들리기 시작했다. 소리들이 내 머리를 어지럽히고 자꾸만 귀를 기울이게 했다. 나도 참을 수 없어 벽을 두드렸다. 엄마는 막대기로, 나는 고무망치로 벽을 두드렸다. 우리가 벽을 두드리든 말든 그 소리가 줄어들지 않는 걸 보면 음향을 틀어놓고 나가버린 것 같기도 했다.

우리는 아줌마가 귀가하는 저녁 시간을 노려 벽을 두드렸다. 엄마가 벽을 한 번 두드리면, 옆집에서는 다섯 번을 두드렸다. 내가 다섯 번을 두드리면 옆집에서는 영원히 끝나지 않을 것처럼 벽을 두드렸다. 언제부턴가 아줌마는 출근도 하지 않고 종일 집에 있으면서 우리를 응징하는 데 온 힘을 기울이는 것 같았다. 밤낮없이 이어지는 이 소음 때문에 우리는 인터폰을 여러 번 받았고,

경비 아저씨가 찾아왔지만, 우리가 아닌 것처럼 잡아뗐다. 옆집에서 내는 소음도 우리가 만들어 낸다고 오해를 받았다. 벽을 두드리는 소리는 엄마에게 원래 들렸다던 아이 소리나 생활 소음과 비교가 안 될 정도로 끔찍한 소음이었다. 내가 두드리는 소리는 아무렇지 않았지만, 상대방이 내는 소리를 들으면 심장이 요동치듯 뛰었고 얼굴에 열이 올랐다. 벽을 타고 오는 진동에 심장박동이 맞춰 빠르게 뛰면서 숨이 가빠졌다. 내 증상은 그게 다였지만 엄마는 좀 심각했다. 벽 두드리는 소리가 들리기 시작하면 엄마는 과도하게 뛰는 심장이 머리로 올라온 듯한 느낌이 들고 그 심장이 곧 터질 것 같은 불안감에 사로잡혀 숨을 제대로 쉴 수 없다며 곧 죽을 것 같은 느낌이 오래 지속된다고 했다. 그러고 나면 가만히 앉아 있는 것도 힘들 정도로 몸이 떨렸다. 그건 마치 엄마가 찬바람을 몸에 맞았을 때 같았다. 심하게 떨리는 몸은 파랗게 질리다 못해 시커멓게 변했다. 나는 엄마가 잘못될까 두려웠다. 엄마는 원인이 제거되면 곧 정상으로 돌아갈 수 있다며 걱정하지 말라고 했지만, 그 원인이 쉽게 제거되지 않을 것 같았다.

엄마는 몸 떨림이 심해져서 평소에도 거의 누워 지내야 했다. 그 상태에서도 긴 막대를 들어 안방 벽을 가끔 찍었다. 옆집 아줌마는 그 한 번을 그냥 지나가는 법이 없었고 몇 배로 갚아주었다. 아줌마가 한 번만이라도 그냥 지나쳤다면 엄마의 증상이 이렇게 악화하지 않았을 텐데, 엄마는 기세등등한 보복 소음이 들려올 때마다 상태가 더 나빠졌다. 우리가 이 집에서 사는 한 엄마를 힘들게 하는 원인은 사라지지 않을 것 같았다.

나는 아빠에게 엄마가 이상하다, 도와달라고 문자를 보냈지만 금방 와주지 않았다. 그사이 엄마는 여러 번 의식을 잃었고, 헛소리를 하기 시작했다. 옆집 아줌마가 돌아가신 할머니라고 생각하는 것 같았다. 자기를 죽인 엄마를 응징하기 위해 할머니가 돌아와 괴롭히고 있다며 나에게 살려달라고 애원했다. 엄마는 나를 오빠라고 착각하는 것 같았고, 내 존재는 아예 모르는 사람처럼 행동했다. 아빠가 돌아왔을 때도, 그동안 둘의 관계를 잊은 것처럼 살갑게 굴다가 갑자기 죽이겠다고 달려들어 우리를 당혹스럽게 했다. 그러나 정작 엄마가 진짜 죽이려고 한 건 자기 자신이었다. 엄마는 손톱 가위로 손목을 여러 번 찔러 자해를 했다. 아빠와 나는 엄마를 그대로 두고 볼 수 없어 입원시키기로 했다. 구급차에 실린 엄마는 자기가 어디로 가는 줄 몰라 불안해했다. 엄마는 아빠를 원망하며 소리소리 질렀다.

"당신은 옛날부터 날 이렇게 보내버리고 싶었잖아. 내가 미쳤다고 생각했잖아."

아빠는 엄마에게 아무 말 하지 않고 고개를 저었다. 엄마를 병원에 입원시키자고 했던 것도 나고, 아빠에게 사인을 시킨 것도 나였다. 아빠는 싫다고 하지 않았을 뿐이다.

나는 집에 혼자 남았다. 이렇게 되고 보니 엄마가 무슨 소리를 들었는지 알 것 같았다. 외로움이 만들어낸 실체도 없는 소리가 엄마의 삶을 잡아먹었다. 나도 머지않아 그것에 먹힐 거다. 옆집 아줌마는 무슨 소리를 듣는 건지 엄마처럼 계속 벽을 두드리고 있었다.

1112

윗집에는 옆집 여자가 살고 있다. 이렇게 말하면 정말 이상하지만 정말 그렇다. 나는 악의적으로 바닥을 쿵쿵거리며 걷는 발소리에서 그녀를 느꼈다. 내 인생을 망하게 만든 세 명 중의 한 명인 그녀를 내가 모를 리가 없다. 우리 집 벽을 치던 그녀의 손길과 많이 닮아 있는 그 발걸음은 강하게 천장을 강타하며 이리저리 옮겨 다닌다. 그 소리가 네 소리냐고 물으면 아마 아니라고 하겠지. 처음 옆집에서 어딘가를 두드리는 소리가 났을 때도 그 여자는 그렇게 말했다. 우리 집에서 나는 소리가 아니에요. 밤새 음악 소리가 반복해서 들릴 때도 그 여자는 그렇게 말했다. 우리가 내는 소리가 아니거든요. 나는 바보같이 그 말을 믿었다. 그땐 바빴기 때문이다. 직장에 다니며 아이를 키우느라 나는 늘 녹초가 되어 있었고, 그 정도 소리는 충분히 들어 넘길 수 있었다. 지안이가 매일 벽 너머로 들려오던 그 노래를 따라 부를 무렵 위층 쌍둥이 엄마에게 그 소리가 그 집을 공격하는 소리라는 것을 들었다. 쌍둥이 엄마는 내게 관리실에 옆집이 시끄럽다는 민원을 좀 넣어 달라고 했다. 자기가 민원을 넣어봐야 대수롭지 않게 생각하는 것 같다며 많은 사람의 힘이 필요하다고 했지만, 나는 내 코가 석 자였으므로 알았다고 대답만 했다.

그때 나는 내 인생을 망하게 한 두 번째 인간인 남편과 싸우는 중이었다. 전남편은 자기밖에 모르는 인간이었다. 그는 직장이 멀다는 핑계로 밤늦게 들어와 일찍 나가곤 했다. 사실 내 직장보다 가까운 곳이었는데, 싱글일 때 거리보다 멀다는 거였다. 그는 가사를 분담하자는 내게 돈을 자기가 더 벌어오기 때문에 할 필요가 없다고 했다.

사실 그의 연봉이 조금 높긴 했지만 혼자 다 쓰느라 가져온 적이 별로 없었다. 그는 온갖 취미생활을 하며 밖으로 도느라 육아는 완전히 내 몫이었다. 등·하원 시간에 맞추느라 내가 아무리 동동거려도 도울 생각을 하지 않았다. 나는 이미 오만 정이 떨어졌기에 그에게 아무 기대도 하지 않게 되었다. 우리는 싸우지는 않았지만 철저한 남이 되어갔다. 지안이가 여섯 살이 되었을 때 그는 직장이 멀어 힘들다며 회사 앞 오피스텔로 나가 살겠다고 했다. 나는 그건 아닌 것 같아 처음으로 반대를 했다. 그는 마치 기다린 사람처럼 내게 싸움을 걸어왔고, 집을 나가버렸고 우리는 이혼을 했다. 아이에게 애착이 없었던 그는 양육권을 포기했다.

여기까지는 다 괜찮았다. 어차피 그가 내 인생에서 아무 역할도 하지 않았기에 빈자리도 없었다. 오히려 거추장스러운 혹이 떨어져 나간 것 같아 홀가분했다. 지안이가 가끔 아빠를 찾았지만, 아빠와 한 번 시간을 보내고 온 뒤 다시는 아빠에게 가겠다고 말하지 않았다. 지안이와 나는 평소

와 다를 바 없이 행복한 시간을 보낼 수 있었다. 옆집 여자가 아니었다면 여전히 그런 시간은 지속될 수 있었을 것이다. 나는 남편과 싸우는 것만으로도 지쳐서 남편 이외의 사람들과는 싸우고 싶지 않다는 생각에 옆집 여자가 우리의 평온한 일상으로 비집고 들어와 우리를 짓밟게 그냥 놔두었다. 아이를 조용히 시켜달라는 말에 나는 모든 소음이 마치 지안이로부터 오는 것처럼 아이를 혼냈다. 나는 스트레스로 인해 이해할 수 없을 정도로 망가져갔다. 내 인생을 망하게 한 세 번째 인물인 내 동생은 내가 지안이를 망치고 있다며 아빠에게 보내야 한다고 했다.

나는 지안이가 떠나고 혼자 남은 뒤 우리를 괴롭히던 옆집 여자가 만들어내는 소리를 한동안 듣지 못했다. 그런데 얼마 전 위층에서 그 소리를 들었다. 너무나 명확한, 설명도 필요 없는 소리였다. 내가 그 소리가 네 소리냐고 물으면 분명 아니라고 할 거였다. 나는 그 소리가 영원히 멈추었으면 좋겠다고 생각했다.

해가 뜨기도 전인데 윤서는 깨어 있었다. 나는

윤서 방의 창문을 두드렸다. 창을 두드릴 때마다 다 삭아버린 방충망이 손끝에서 부스러졌다. 간유리 너머로 윤서의 실루엣이 어른거렸지만, 아무 대답도 하지 않았다. 나와 지안이를 보면 창문을 열곤 했던 아이였는데, 상황이 변했다고 이러는 걸 보면 짜증이 다 난다. 나는 한쪽 구석이 부스러진 방충망이 다 뜯겨 나가도록 창문을 두드리며 불렀다.

"윤서야, 열어."

"왜 그러세요?"

윤서는 창문을 열지 않은 채 겨우 대답했다. 나는 다시 창문을 두드렸다. 윤서는 마지못해 창문을 열고 웃음을 지었다. 입은 웃고 있지만, 눈은 웃지 않았다. 많이 긴장한 모양이다. 아마도 내가 예전에 윤서 엄마를 만났다면 저런 웃음을 지었을까? 정신이 온전치 못한 여자를 만났을 때 짓는 웃음, 나를 해칠 수 있는 사람에게 짓는 웃음이다.

"엄마 지금 어디 계시니?"

"병원에 입원해서 여기 안 계세요. 지난번에 구

급차 온 거 못 보셨어요? 장기 입원해야 할 것 같아요. 폐쇄 병동에 들어가셨어요."

"네가 그렇게 말할 줄 알았어. 솔직히 말해야지 왜 거짓말을 하니?"

"정말이에요. 이런 걸 거짓말할 리가 없잖아요."

"거짓말할 리 없다고? 그동안 너희가 한 거짓말들을 내가 모를 줄 아니? 위아래층 괴롭힌다고 종일 음악 틀어놨을 때, 너희가 한 게 아니라고 했지? 우리 집 시끄럽다고 벽 두드릴 때 사실 아무 소리 못 들었잖아. 내가 몰라서 속은 줄 아니? 미친것들 건드려 좋을 게 없어서 모른 척한 거지."

"왜 인제 와서 이런 말씀을 하시는 거예요."

"이젠 내가 더 미쳤거든. 어쨌건 엄마 어딨어? 낮 동안엔 너희 집에 있고, 밤에서 새벽까진 다른 데 있지?"

"낮이고 밤이고 집에 안 계세요. 집에 있는 건 저뿐이라고요."

"그러면 그 시간에 우리 집 천장 두드리는 건

누구라고 할 거야?"

"그건 아줌마네 윗집 사람들이겠지요."

"그러니까 말이야, 그 윗집엔 누가 있겠느냐고."

"그 집 사람들이 있지 누가 있어요. 이런 소리를 왜 저한테 하시는 거예요."

"잘 들어봐. 내가 여기에 9년을 살았어. 너도 알지? 너 어렸을 때부터 봤잖아. 그때부터 윗집에는 같은 사람들이 살아. 너희처럼 아파트 분양받아 들어온 집이야. 아들딸 다 시집 장가 보내고 두 분이 시내에서 제과점을 하셔. 그래서 주말에만 들어오지. 평일 내내 비어 있단 이야기야."

"그럼 됐네요. 아무도 없는데 누가 두드린다고 그래요. 아줌마가 잘못 들은 거겠지요. 우리 엄마처럼요. 사실 난 아무것도 안 들리는데 엄마는 막 들린다고 난리를 쳤거든요. 우리 윗집 때문에 귀가 트여서 그런 거래요. 귀가 트이면 안 들리던 소리가 막 들린대요. 아줌마도 우리 엄마랑 싸우다가 그렇게 된 거겠네요."

"내가 듣는 건 진짜 소리야. 작은 소리도 아니

고 아주 큰 소리. 밤부터 새벽까지 발 망치로 온 집 안을 찍고 다녀. 방에서 주방으로, 거실로. 사실 이 좁은 집 안에서 그렇게 움직여 다닐 일이 없잖아. 그것도 깜깜할 때 말이야. 이건 완전 고의로 그러는 거지. 너무 심해서 거실 전등이 다 흔들릴 정도야. 너희 집 전등 흔들린 적 있어?"

"아뇨, 그런 적은 없었어요. 근데, 엄마가 등이 흔들린다고 느낀 적은 있었어요. 엄마 착각이었지만요."

"나도 착각하는 거라고 말하고 싶은 거냐? 이 쿵쿵 소리는 녹음해도 들릴 정도야. 흔들림을 녹화할 수 있을 정도라고."

"그런데 왜 이런 이야기를 저한테 하시는 거예요? 저랑은 관계없는 이야기잖아요."

"관계가 있으니까 이야기하는 거야, 물론 너는 잡아떼겠지만. 너희 집이랑 우리 윗집이랑 알고 지내는 사이였잖아."

"저는 몰라요. 엄마도 밖에 안 다녀서 잘 모를 거고요. 여기 오래 산 건 우리 할머닌데, 돌아가신 지 한참 됐고요."

"뭐라고, 너희 할머니 돌아가셨어? 복도에 보행 보조기 내놓고 지내셨던 할머니 말이야? 어쩐지 언젠가부터 안 보이시더라니. 왜 그러셨니?"

"소문 많이 났을 텐데 모르시나 봐요. 심장마비로 돌아가셨어요."

"이 일과는 별개로 안타깝구나. 할머니 일은."

"이렇게 말씀해주시니 이제야 진짜 아줌마 같아요. 저 정말 힘들어요, 아줌마."

"그런 소린 하지 말아줄래? 진짜 죽을 것 같은 건 나니까. 나는 너희 때문에 모든 걸 다 잃었어. 너는 나한테 그런 말을 할 자격이 없어."

"우리 때문에 다 잃다니요, 그게 말이 된다고 생각하세요? 그럴 사건이나 있었어요?"

"너희가 일으킨 일이 아무것도 아니라고 생각하니? 멀쩡한 사람을 소음으로 공격하는 게 아무 일도 아닌 것 같아?"

"그건 아니지만 모든 걸 잃을 정도는 아니잖아요. 모든 게 그렇게 적을 리도 없고."

"나는 가족하고 직장을 잃었어. 그게 내 모든 거야."

"저한테는 원래 없었던 건데요 뭐. 근데 왜 그걸 우리 탓을 하냔 말이에요."

"너희 엄마 문자 받으면 혈압이 오르고 심장이 터지는 줄 알았어. 전화 받고 나면 욕이 튀어나왔어. 직장에서 네 엄마 전화 받고 나서 상사를 들이받았어. 그리고 너희랑 싸우면서 무단결근했고. 그래서 그만뒀다. 설명됐냐? 내가 애랑 무슨 말을 하는 건지."

"직장은 미안하게 됐지만, 아줌마 원래 아저씨랑 사이 나빴잖아요. 저 알아요, 아저씨가 복도에서 다른 여자랑 통화하다가 현관문 열기 전에 끊었던 거. 다 들었어요."

"나도 알아. 내가 잃은 가족은 그놈이 아니고 지안이야. 너희 때문에 지안이를 빼앗겼잖아. 이런 환경에서 애를 키울 수 있겠어? 그리고 발소리 난다고 내가 애를 얼마나 잡은 줄 아니? 애가 나랑 안 살겠다고 지 아비한테로 갔어. 그게 너희 때문이 아니라고?"

"다시 데리고 오면 되잖아요. 딸은 엄마가 있어야 하니까. 아줌마가 다 키웠잖아요. 아저씨가 데리고 다니는 건 한 번도 못 봤어요. 직장 다니면서 힘들게 키워놓고 왜 뺏겼어요."

"어이구, 감동이네. 그런 걸 다 알아주고. 직장도 없는데 애를 어떻게 데리고 오겠어? 데리고 오면 너희 같은 집이 옆집에 사는데 내가 마음 놓고 키울 수 있을 것 같아? 그리고 내가 제정신으로 보이니?"

"저는 아줌마가 애쓰며 사신 거 다 알아요. 그리고 아줌마가 좋은 사람이라는 것도 잘 알아요. 이렇게 돼서 너무 죄송하고 슬프네요."

저 말이 뭐라고 나는 마음이 약해져 위로받는 기분이 들었다. 나는 정말 열심히 사는 것밖에 몰라서 열심히 살았던 건데 왜 이렇게 되었는지 슬펐다. 어린애한테 자꾸 말려드는 기분이 들어 다시 마음을 다잡았다.

"너한테 이런 소리 듣자고 말 꺼낸 게 아니야. 그러니까 너희하고 윗집 사이의 커넥션을 나는 알고 있다고. 너희 엄마가 우리 윗집에 올라가 내 머리통을 자근자근 밟아대고 있는 걸 내가 모를 거라고 생각하지 말란 말이야. 엄마한테 전화를 받으라고 하든가, 문자를 보라고 해. 계속 그러면 나도 무슨 짓을 할지 모른다고. 나는 이제 잃을 게 없어."

"아줌마, 엄마는 진짜 병원에 있어요. 그래서 전화기를 못 쓰고 있는 거예요. 이 집엔 저뿐이에요. 설마 제가 그 집에 가서 아줌마를 괴롭힌다고 생각하는 건 아니겠지요? 좀 찬찬히 생각해보세요. 이상하잖아요."

윤서는 쓸데없이 울먹거렸다.

"너 지금 연기하니? 왜 우는 거야?"

"아줌마가 왜 이렇게까지 됐는지, 너무 미안해서 그래요. 엄마 대신 사과할게요."

"진짜 끝까지 착한 척이나 하고……. 나쁜 사람 되기 싫은 거니? 뭐가 무서워서 그러는 거야? 내가 어떻게 할까봐?"

"아니요, 이런 말을 듣는데도 혼자 있는 것보다는 낫다는 생각이 드는 게 슬퍼서요. 너무 외로워요. 아줌마를 적으로 두기 싫어요."

윤서는 눈물을 멈추지 못하고 계속 울었다. 나는 그 외로운 어린애의 눈물을 동정해줄 만큼의

여유도 없었다. 영악한 아이의 서툰 연극을 더 참을 수 없어 깔깔거리며 웃어댔다. 내 웃음소리가 복도 끝 벽을 치고 돌아와 내 귀를 세게 때렸다. 고막이 터질 것 같아 귀를 막고 계속 웃었다. 윤서는 질린 듯한 표정으로 나를 쳐다보면서도 눈물을 그치지 못했다.

"사실 제 가족도 이미 깨졌어요."

"그게 나 때문이야? 지금 그런 얘기를 왜 나한테 하니?"

"아니요, 우리 때문이에요. 저희도 그렇다는 걸 아시면 좀 덜 속상하실까봐요. 정말 죄송해요."

"거지 같은 너희 가족이 깨지든 말든 나랑 무슨 상관이야. 인제 와서 그렇게 이야기를 하는 이유가 뭐야."

"미안해서요, 정말 미안해서요."

"아니야, 그럴 필요 없어. 이제부터 내가 미안할 일을 할 것 같으니까."

"아줌마 정말 엄마는 여기 없어요. 정신 좀 차리세요. 지금 아줌마 우리 엄마 같아요."

"재수 없는 소리 좀 집어치워 이 계집애야. 그

리고 이제 너의 거짓말 더는 안 먹혀. 네 엄마가 어딨는지 너보다 내가 더 잘 알고 있어. 이젠 정말 가만두지 않을 거다."

나는 윤서와의 대화를 통해 위층에 옆집 여자가 있다는 것을 확신했다. 나는 위층으로 뛰어 올라갔다. 아무리 생각해도 다른 답을 찾지 못할 것 같았다.

새벽이라 복도에는 아무도 없었다. 난 현관 복도에 웅크리고 앉아 내 머릿속에서 날뛰며 새벽의 임무를 수행한 그녀가 밖으로 나오길 기다렸다. 현관이 열리고 사람이 나오는 것과 동시에 나는 품고 온 날카로운 과도를 휘둘렀다. 애초에 내가 겁을 주려고 한 건지, 죽일 의도가 있었는지는 잘 모르겠지만 쓰러진 사람에게서 쏟아지는 흥건한 피를 보니 겁이 나 주저앉아 소리를 지를 수밖에 없었다. 내가 어쩌다 여기까지 오게 되었는지 알 수 없었다. 더 나은 방법이 있을지 모르겠지만 나는 이게 최선이라고 생각해서 한 선택인데 이렇게 돼버렸다. 나는 문득 이런 사람이 되는 미래를 상상해본 적이 없다는 것을 깨달았다.

관리사무소

일어날 일이 일어난 거다. 일이 그렇게 되기까지 당신이 한 게 뭐냐. 사건의 자초지종이 궁금해 관리실을 찾아온 아파트 주민들은 새벽의 사건에 관해 이야기를 시작하면서 이웃 간의 다툼을 적극적으로 중재하지 않은 나를 먼저 질책했다. 내가 그 두 집이 층간소음 갈등을 겪고 있는지 전혀 모르고 있었다고 하자 관리소장이란 사람이 그렇게 몰라서 되겠느냐며 비난을 했다. 갈등이 있다 해도 관리실에 이야기하지 않으면 나는 알 수가 없다. 가끔 이웃 때문에 시끄럽다는 민원이 들어오곤 했고, 심각한 문제로 자주 민원을 넣었던 세대도 있었지만, 이 사건이 일어난 집과는 관계없는 사람들이었다.

층간소음 갈등이라면 아주 지긋지긋했다. 이전에 일했던 신축 대단지 아파트에서는 상식적으로 이해가 가지 않는 싸움들이 빈번하게 일어나곤 했다. 시끄럽다고 남의 집 차 지붕에 음식물 쓰레기를 던지거나 창 밑으로 지나가는 이웃을 향해 고추장을 투척하는 일도 있었고, 갈등 중인 집의 현관을 케첩으로 발라버리는 일도 있었다. 이 기막힌 일을 내가 나서서 중재하기도 했지만 언 발에 오줌 누기였을 뿐 돌아서면 다시 다른 방식으로 곪아 터져버리는 부질 없는 일이었다. 소음, 진동 관리법이 있고 층간소음을 조정해주는 기관이 있지만, 갈등을 중재하고 권고할 뿐이지 법적으로 처벌하거나 제재하지는 못했다. 경범죄로 신고하거나 손해배상을 청구할 수도 있지만, 피해자가 직접 피해를 입증하는 과정이 쉽지 않은 데다 그 배상 금액 또한 미미하여 화를 돋우기만 할 뿐, 해결과는 거리가 멀었다. 어떤 과정을 거치든 간에 둘 중의 한 집이 떠나야 끝나게 되는 싸움이었다. 가해자는 뻔뻔했고, 피해자는 예민했으며 둘 중 하나는 거짓말을 했다. 누가 가해자인지 피해자인지 그들의 이야기만 듣고는 알 수 없는 지경이 되어 휘둘리다 보면 서로 상대의 편을 든다고 나를 욕하고 멱살까지 잡았다. 나는 이 오래된 한 동짜리 아파트가 인근 새 아파트들보다 층간소음이 적고 갈등이 없다는 평을 듣고 급여 조건이 좋지 않았음에도 취직했는데 여태껏 겪은 일 중 가장 충격적인 사건을 겪다니, 어떻게 해도 노년이 다 되어가는 나이에 더러운 꼴을 보게 될 운명이었던 것 같다.

나는 사건을 저질렀다는 여자가 누구인지도 몰랐다. 내가 출근을 했을 때는 가해자와 피해자가 모두 이송된 뒤였고, 12층의 끝 집인 1212호 복도를 가로막은 경찰 통제선 안쪽 바닥에 넓게 퍼진 검붉은 얼룩만 남아 있었다. 최초 목격자인 미화원과 경비가 1112호가 가해자라는 말을 듣고도 나는 그녀를 기억하지 못했다. 그녀의 이웃이자 골칫거리였던 1111호와 1211호를 떠올린 뒤에야 그녀를 연관 지어 생각해낼 수 있었다. 그도 그럴 것이 그녀는 관리실에 찾아온 적은 없었고 인터폰을 걸어 어디선가 쿵쿵 치는 소리와 반복되는 음악 소리가 들린다고 말했던 것이 다였기 때문이었다. 그 소리가 옆집과 그 윗집이 싸우는 소리라고 대답하자 그녀는 다시 연락하지 않았다. 1211호가 이사를 하는 것으로 그들의 분쟁이 끝났기에 나는 1112호가 입었던 피해도 끝났을 거로 생각했다. 그런데 그 뒤에 1112호 여자는 다시 한 번 더 연락해 윗집이 새로 이사를 왔느냐 물어보았고, 나는 아니라고 대답했다. 나는 그렇게 물어보는 게 수상해서 또 층간소음 문제가 터질까봐 은근히 걱정하고 있던 차였는데 이런 끔찍한 일이 일어나버리다니 아주 징글징글하다.

주민들은 내가 말할 틈을 주지 않고 떠들어댔다.

"그 여자를 마지막으로 본 것이 10년 전인데 그때 이미 제정신이 아닌 사람 같았으니 집에서 은둔하는 동안 얼마나 더 망가졌겠어요."

"대체 왜 그러고 있대요? 그 집 식구들은 왜 멀쩡한 사람이 그 지경이 될 때까지 그냥 방치했을

까요?"

"애초에 여기 왔을 때부터 눈빛이 이상했다니까. 애 딸린 남자랑 살겠다고 시어머니까지 사는 좁은 아파트에 들어온 걸 보면 나사 하나가 빠진 거 아니겠어?"

듣다 보니 엉뚱한 1111호 여자를 가해자로 지목하고 있어 나는 그 여자가 아니라고 말했다.

"그 옆 1112호 아이 엄마가 그랬다고요."

무슨 말을 하는지 모르는 사람들에게 정확히 이야기해주었더니 한 사람이 또 1111호 여자를 걸고넘어졌다.

"결국 그 미친 여자가 당한 거로구먼."

이렇게 말하자 여기저기서 아, 맞다 그러고도 남을 일이지요, 하고 맞장구를 치며 그것이 사실인 것처럼 이야기하기 시작했다.

"이웃을 그렇게 못살게 굴었으니 무슨 일을 당해도 이상하지 않지."

"동정심도 들지 않네요."

사건의 중심에 1111호 여자가 있다는 이상한 확신과 그 여자가 이 아파트에서 영원히 사라져버리기를 바라는 악의가 그들의 말 한마디 한마디에 녹아 있었다. 주민 대부분이 직접 눈으로 본 것은 아무도 꺼내 가지 않아 늘 가득 차 있는 그 집의 우편함과 베란다 창문에 흉물스럽게 덕지덕지 붙어 있는 신문지뿐일 것이다. 층간소음으로 경찰이 오고 간 것, 윗집 복도에 수박을 깨버린 일, 아랫집 복도에 세워둔 아기 유모차 지붕을 칼로 찢어놓은 사건, 옆집 복도 쪽 창문의 방충망을 다 뜯어놓은 짓 등을 실제로 목격한 사람이 몇 있었겠지만, 대부분은 소문으로만 들었을 것이다. 소문이 증오를 이렇게나 크게 증폭시킬 수 있다는 사실이 조금 무서웠다. 1111호 여자가 이 사건과는 전혀 관련이 없다는 것을 알았을 때 그들이 짓게 될 표정이 궁금해 나는 그들이 한참 더 떠들도록 놔두었다.

그 집이 아들과 딸을 하나씩 데리고 재혼한 가정이고, 같이 살던 시어머니가 집을 뺏기고 쫓겨나서 화병으로 죽었다는 이야기는 나도 처음 듣는 것이었다. 그 집 딸이 고등학교에서 폭력 사건을 일으켜 퇴학을 당해 종일 집에 있고, 아들은 이미 오래전에 독립을 해 나갔는데 사실 새엄마가 싫어 친엄마를 찾아간 거라고 하면서 자식들까지 흉을 보았다. 한 동짜리 아파트라고 하지만 130세대가 넘게 사는 곳에서 누군가에 대해 이토록 자세히 알고 있다는 사실이 의아했고, 잘 알지도 못하면서 이러쿵저러쿵 떠드는 것이 아주 못마땅했다. 더 듣고 있다가는 귀가 썩어들어갈 것 같아 사실을 말해주었다.

"아니 누구를 말하는 거예요, 피해자는 그 사람이 아니라 가해자의 윗집이에요. 1212호요. 아무 관계도 없는 집을 왜 자꾸 걸고넘어집니까."

사람들은 입에 침을 튀기며 떠들던 것이 머쓱해져서인지 갑자기 조용해졌다.

"그러니까 1112호 지안이 엄마가 윗집 사람을 그런 거라고요?"

젊은 아이 엄마가 내게 묻자 사람들은 일제히 그녀를 쳐다보며 그게 누구냐고, 아는 사람이냐며 다시 웅성거렸다. 아이 엄마는 단발머리에 잘 웃는 여자라고 설명하다가 사람들이 못 알아듣자 다시 말했다.

"인사 잘하는 엄마랑 눈 땡그란 여자애 있잖아요"

사람들은 믿을 수 없다는 반응을 보였다. 모든 세대가 엘리베이터 두 대를 공유하고 있기에 잘은 몰라도 한 번쯤은 마주친 적이 있었을 것이다.

사람들은 1112호 여자가 그런 일을 저지를 사람으로 보이지는 않았다고 입을 모아 말했다. 그녀를 알고 지냈다던 아이 엄마는 그녀가 좀처럼 속을 내보이지 않는 사람이었다며 하긴 남의 속을 어찌 알겠냐고 한마디 했을 뿐 두둔하지는 않았다. 천장과 바닥과 벽을 타인과 공유하고 사는 주민들은 누군가가 만들어내는 소음과 진동에 어느 정도는 지쳐 있어 가해자의 마음을 조금은 헤아려볼 수 있을 법한데도, 단 한 명도 그녀에 대한 연민을 드러내지 않았다. 피해자가 자신이었을 수도 있었다는 생각보다는 자신 역시 누군가를 해칠 수 있는 존재라는 사실을 긍정하는 것처럼 보일까 조심스러웠던 듯하다.

입주자 대표가 뒤늦게 사건의 자세한 내막을 물었다.

"1112호 여자가 이른 새벽에 문을 열고 나오는 위층 사람을 찔렀답니다. 피해자는 위층 주민이 아니라 주인 남자의 조카인데 시험 준비하느라 일주일 정도 와 있었다네요."

내가 정확히 알고 있는 사실은 그것뿐이었다. 층간소음이 원인인 것 같다는 이야기와 찔린 남자보다 찌른 여자의 비명이 컸고, 둘 다 피범벅이 되어서 쓰러져 환경미화 아주머니에게 발견되었다는 이야기는 경비와 사람들에게 전해 들은 것이었다. 나는 그 이상은 모르기 때문에 모르겠다고 말했는데, 사람들은 이런 사건이 일어나도록 아무것도 모르고 있었다는 게 자랑이냐며 내게 화를 냈다.

"그럼 1111호 여자가 아직 여기 있다는 건가요?"

정작 없어져야 할 사람이 여전히 이곳에 있다는 사실에 좌절한 듯 한숨 섞인 목소리가 들려왔다. 중년 여자는 1111호 아래층에 두 달 전 이사 온 사람이라고 했다.

"여기서 유명한 사람이었군요. 어쩐지 깨끗한

전세가 계약만료 전에 나왔을 때 좀 이상하긴 했어요. 제가 이사 오고 나서 얼마 되지 않아 위층에서 현관에 메모를 붙여놓고 갔어요. 소음 때문에 방바닥에 귀를 대고 누워 있을 수가 없어서 침대에 앉아 있다고 써놔서 단단히 미쳤구나 했어요. 혼자 사는 제가 얼마나 떠들겠어요. 그 뒤로 쿵쿵거리고……. 말 안 해도 다 아시겠죠? 진짜 기가 막힌 건 현관 열쇠 구멍에 본드를 잔뜩 칠해놔서 손잡이를 통째로 갈아야 했던 거예요. 요즘엔 아무 짓도 안 해서 어디 갔나 했는데, 무서워서 못 살 것 같네요. 이제 소문이 나서 세입자도 못 구할 텐데 어쩔까 몰라요."

사람들의 화제는 금세 다시 1111호 여자로 돌아갔다. 그녀가 얼마 전 구급차에 실려 정신병동으로 들어갔다고 이야기해주자 모두 안심하는 듯하더니, 그걸로도 성에 차지 않는지 이 아파트에서 영영 그녀를 쫓아낼 방법이 없는지 내게 물었다. 문제를 일으키는 집을 자기 집에서 쫓아낼 법적 근거가 없기에 그냥 참고 사는 수밖에 없다고 하자 그들은 내가 성의가 없어 더 알아보려 하지 않는 것을 눈치챘는지 계속 투덜거렸다. 그들은 내가 1111호와의 문제를 제대로 중재를 하지 않으면 대가를 치러야 할 거라고 경고했다.

사람들은 이 일이 누가 중재할 수 있는 일이 아니라 둘 중의 하나가 떠나야 한다는 것을 모른다. 한 번 트인 귀는 막히지 않고 사람은 쉽사리 변하지 않으며 상한 마음과 망가진 관계는 고치기 힘들다. 얼른 피하는 게 상책이라고, 당신들도 언제든 가해자가 될 수 있다고 말하려다가 입을 틀어막았다. 그게 소장이 할 소리냐고 난리 치는 것쯤이야 한쪽 귀로 흘려보내면 되지만, 이미 늦어진 퇴근 시간이 더 늦어지는 것은 싫었다. 아마도 이곳을 가장 먼저 떠나는 사람은 내가 될 것이다. 나는 훗날 대가를 치르지 않고 미리 당겨 치르는 셈 치기로 했다. 이제는 모든 것이 나와 상관없으니 조금만 더 참으면 된다. 나는 다음 주부터 근무하지 않는다는 사실을 아무에게도 말하지 않은 채, 고개만 끄덕이고 앉아 있다.

작품해설

얇은 벽 너머의 가해자들

조대한

*

인간은 소음을 만드는 기계다.

*

'오래된 아파트에서 발생한 층간소음 칼부림.' 소설 후반부에 등장하는 사건의 결괏값을 간단히 요약한다면 이러한 단문에 가까울 것이다. 시공된 지 20년이 지나 층간소음에 상대적으로 취약

했던 한 아파트에서, 아래층 여성이 일면식도 없는 위층 사람을 흉기로 찌른 사건이 발생했다. 한데 "그런 일을 저지를 사람으로 보이지는 않았다고 입을 모아 말"(134쪽)하는 주변 사람들의 반응을 보고 있노라면, 단출하게 요약된 사건의 세부 내용이 궁금해진다. 그녀는 왜 사람을 찔렀을까.

사연을 조금 더 들여다보자. 1112호에 살던 가해자는 옆집에 사는 여자가 자신을 괴롭히기 위해 밤마다 윗집에 올라가 악의적으로 발을 구른다고 여겼다. "위층에 옆집 여자가 있다는 것을 확신했"(126쪽)던 그녀는 새벽의 복도에 숨어 있다가 윗집에서 문을 열고 나오는 사람에게 과도를 휘둘렀다. 하지만 이는 어디까지나 그녀의 망상일 뿐이었고 실제로 피해를 입은 것은 시험을 준비하느라 친척집을 방문한 윗집 주인의 조카였다. 그렇다면 이 사건은 층간소음과 정신이상에 시달리던 한 여성이 저지른 우발적 범죄 정도로 정리하면 될 것 같은데, 사정은 또 그리 간단치가 않다.

소설의 이야기를 되짚어보면 그녀가 처음부터 사람을 칼로 찌를 정도로 악랄한 가해자였던 것은 아니다. 그녀는 옆집인 1111호 여자의 딸인 윤서에게도 "다정하게 말을 걸어주며 막대사탕이나 캐러멜을 나눠주"(98쪽)던 친절한 이웃이었다. 예민한 옆집 여자가 작은 생활 소음에 불만을 표할 때도 실제로 소음을 줄이기 위해 노력하고 사과를 하던 "상식적인 사람"(103쪽)이었다. 그러나 하루가 멀다 하고 보내오는 항의 문자와 새벽마다 보복으로 두드리던 벽의 진동에 시달리다, 결국 그녀의 분노는 임계점을 넘어서고 만다. 미친 이웃이 자신의 가족을 해칠지도 모른다는 두려움과 매일매일 반복되는 보복 소음의 스트레스로 인해 정신이 황폐해진 그녀는 양육하던 딸까지 전남편에게 보내야 했다. 그러니 그녀의 행위는 정신이상자의 우발적 범죄라기보다는, 자신의 가족과 인생을 망친 옆집 여자에게 행한 응분의 복수에 가까웠던 셈이다.

이렇게 보면, 가해자였던 1112호 여자는 나름의 복잡한 사연을 지닌 또 한 명의 피해자였던 듯

싶기도 하다. 그럼 이 비극의 진정한 서사적 원인을 보복 소음을 일삼던 1111호 여자 쪽으로 돌려도 괜찮을까? 일단 주변 사람들의 반응은 그러한 가정에 힘을 보태주는 것 같다. 집 창문에 흉물스런 "신문지가 덕지덕지 붙어 있는"(88-89쪽) 1111호는 아파트 주민들에게 여러 해악을 끼쳐온 공공의 적으로 그려진다. 이는 근거 없는 소문이나 과장이 아닌데, 실제로 1111호 여자는 옆집뿐만 아니라 위·아래층 집 모두에게 몰상식적인 보복을 일삼는 사람이다. 그녀는 "거실의 전등이 흔들릴 정도로 크게 발을 굴"(87쪽)러 아래층에 위협을 가하거나, 위층에 진동이 느껴지도록 "천장에 우퍼를 달"(98쪽)아 중독성 짙은 노래나 기괴한 사운드의 연주를 종일 틀어놓곤 한다.

그렇다면 온 주변을 엉망으로 만드는 그 '미친 여자'를 이 끔찍한 생활 비극의 진정한 가해자로 삼고 이야기를 정리하면 될 듯싶은데, 앞서 서술된 소설의 내용이 그 섣부른 규정을 망설이게 만든다. 1111호 여자 역시 처음부터 그렇게 광적인 반응과 행동을 보였던 것은 아니다. 그녀에게도 나름의 사연이 있다. 1111호의 위층에는 그녀의 시어머니와 막역한 사이였던 진이 이모라는 사람이 살았다. 여러 명의 손자들을 돌보던 진이 이모네 때문에 늘 "저녁 시간 내내 천장이 무너지는 소음이 집을 덮었"(12쪽)으나, 껄끄러운 관계가 될까 두려웠던 그녀는 그 소란을 꾸역꾸역 참기만 했다. 무엇보다 그녀가 필사적으로 견뎌내야 했던 것은 차가운 시어머니의 냉대였다. 시어머니는 명랑하고 싹싹한 모습을 보이던 "며느리의 진심을 늘 의심하고 언제까지 갈지 두고 보자는 심정으로"(29쪽) 그녀를 대했다.

반복되는 스트레스에 마음의 표피가 닳아가던 그녀에게 가장 먼저 찾아온 증상은 '산후풍'이었다. 창문에서 바람이 들어오거나 심지어 열린 냉장고 문 사이로 약간의 냉기만 새어 나와도, 그녀는 온몸이 파랗게 질린 채 견디기 힘든 고통을 느끼게 되었다. 1111호 창문에 흉물스러운 신문지가 덕지덕지 붙은 이유 또한 산후풍에 걸려 바람과 햇빛에 민감해진 그녀가 그것들을 막기 위해서였다. 그녀가 다음으로 예민해진 것은 외부의 소음이었다. 그것은 소음이 피부에 닿는 바람처럼 자기 의지로는 통제하기 쉽지 않은 외부 자극이어서이기도 하겠지만, "쿵 슥—, 쿵 슥—하며 한쪽 다리를 끄는"(31쪽) 시어머니의 발소리가 그녀에게 묘한 두려움과 강박을 주어서이기도 할 것이다. 그 모든 것들에 민감해진 그녀는 점차 방안에 틀어박힌 채 지내게 되었고, 혼자만의 고요한 공간 속에서 작은 자극에도 더욱 날카롭게 반응하는 괴물이 되어 벽 너머의 이웃들을 괴롭히기 시작했다.

'오래된 아파트에서 발생한 층간소음 칼부림'이라는 단문에 누락된 서사적 행간을 짧게나마 채워보았는데, 이 설명 이후 해당 사건의 가해자와 피해자가 보다 뚜렷하게 구분되었느냐고 하면 또 그건 아닌 것 같다. 각자의 책임 소재와 응분의 복수들을 두루 살펴보았지만 확실하게 악랄한 가해자로 규정될 만한 이는 없었기에 마음은 더욱 복잡해진다. 누군가를 손쉬운 가해자이자 파렴치한으로 만드는 익명의 벽 하나가 치워진다고 해서, 명백한 가해자와 피해자의 위치가 뒤바

뀐다거나 모든 등장인물의 죄과를 용서하게 되는 건 분명 아닐 것이다. 하지만 누적된 누군가의 시간과 이야기는 그 사연을 지켜본 이들로 하여금 그들의 생을 바라보기 이전의 단출하고 명료한 단문의 세계로 되돌아갈 수 없게 만든다는 것은 부인할 수 없는 사실인 듯싶다. 여러 존재들과 시공간이 격자처럼 얽혀 있는 이 소설은 정소현의 다른 작품들이 그래왔던 것처럼, 가해자와 피해자 사이에 그어진 흐릿한 경계에 대해 답하기 쉽지 않은 질문을 던진다.

*

소음에 대해 김수영은 다음과 같이 말했다. 자신의 요설饒舌은 소음에 대한 변명이고, 그 요설은 소음을 죽이려고 행하는 것이라고. 어쩌면 그는 소음보다 더 커다란 쓸데없는 말들로 일상의 소음들을 덮으려 했는지도 모르겠다. 이처럼 일상의 언어들에 파열을 일으키는 불협화음이자 노

이즈를 미학으로서 활용하는 방식은 현대 예술이나 문학 내에서 그리 드문 일은 아니다. 이런 관점에서 본다면 예술가들은 스쳐 지나가는 평범한 소리들을 잡아내는 예민한 감각과 그 보통의 주파수와는 다른 소리를 만들어내는 능력을 동시에 지닌 뒤틀린 소음-기계에 가까울 것이다.

1111호 여자를 포함하여 앞서 가해자로 서술되었던 소설 속 등장인물들은 모두 '귀가 트인' 사람으로 그려진다. '트였다'라는 표현은 대개 막혀 있던 상태가 열리게 되었다는 긍정적인 뉘앙스의 변화를 뜻한다. 위에 서술된 내용을 잠시 빌린다면 그것은 일상의 작은 소리에도 민감해져, 이전과는 다른 주파수의 장으로 진입하게 되었음을 의미한다고도 말할 수 있을 것 같다. 1111호 여자는 다음과 같이 말한다. "나는 이토록 명확하게 들려오는 것들을 못 들은 척하며 살지 않으리라 결심했다."(24쪽)

하지만 작품 속에서 묘사되는 그 새로운 감각은 능력이라기보다는 일종의 질병 같기도 하다. "의자 바퀴가 굴러가는 소리, 이어폰에서 새어 나가는 음악 소리"부터 "다른 집 화장실 물 내려가는 소리, 설거지하는 소리, 샤워하는 소리까지"(94쪽) 불쾌한 소음으로 받아들여야 하는 이들에게 그 민감한 감각은 저주에 가까울 것이다. 잘 들리지 않는 미세한 소리들까지 강박적으로 찾아 들으려 한다는 점에서도, 동시에 자신에게 들리는 소음을 새로운 소리들로 덮어 다른 사람에게 전가하려 한다는 점에서도 이들 또한 비자발적으로 생성된 뒤틀린 소음-기계에 가까운 존재들일지도 모르겠다.

소음의 판정은 주관적이지만 소리가 귀에 전달되는 객관적 메커니즘은 대부분 이러하다. 바깥의 귀를 통해 전달된 음파가 먼저 고막에 닿는다. 고막은 그 음파를 진동시키는 모종의 진동판 역할을 수행하는데, 이 진동은 귓속뼈를 울려 귀 안쪽의 달팽이관으로 소리를 전달한다. 타인이 만든 이질적 감각을 안으로 받아들이려는 순간에는 내 몸에 공명과도 같은 진동과 울림이 발생하는 셈이다. 다만 『가해자들』 속의 인물들은 대부분 갑작스런 혹은 너무나도 많은 타인의 소리에 고통을 경험한 이들이다. 그들은 받아들이기 힘든 제 몸의 울림을 벽의 진동으로 바꾸어 주변 사람들에게 되돌렸고, 공기에서 고체로 매질이 바뀐 그 파동은 이전보다 더 넓고 빠르게 퍼져나갔다. 그 소리를 전해 받은 이들은 "벽을 타고 오는 진동에 심장 박동이 맞춰 빠르게 뛰면서 숨이 가빠"(110쪽)지고는 했다.

한데 조금 더 자세히 살펴보면, 그 타인의 파동에 의한 괴로움은 역설적이게도 타인으로부터 홀로 남겨진 진공에서 시작된 것이기도 하다. 가해자들이 아주 작은 주변의 소음에도 민감해진 것은 자신의 곁을 채워주는 가족의 소리와 주변 사람들의 따스한 울림이 없었기 때문이다. 그렇기에 이 소설에서 복잡한 사연을 지닌 가해자들이 모두 여성으로 그려진 것은 결코 우연이 아니다. "제발 좀 뭐든 간에 아무것도 아니라고 생각하고 살자"(84쪽)고, "언제까지 그렇게 예민을 떨 거냐고"(65쪽) 말하는 남편과 가족들 앞에서, 집안에서 홀로 육아와 가사 노동을 전담해야 했던 그녀들은 벗어날 수 없는 작은 공간 안으로 더욱더 움

츠러들었고 울분을 토하듯 스스로의 외로움과 공허함을 바깥으로 공명시킬 수밖에 없었다.

> 엄마가 진짜 죽이려고 한 건 자기 자신이었다. 엄마는 손톱 가위로 손목을 여러 번 찔러 자해를 했다. (……) 나는 집에 혼자 남았다. 이렇게 되고 보니 엄마가 무슨 소리를 들었는지 알 것 같았다. 외로움이 만들어낸 실체도 없는 소리가 엄마의 삶을 잡아먹었다. 나도 머지않아 그것에 먹힐 거다. 옆집 아줌마는 무슨 소리를 듣는 건지 엄마처럼 계속 벽을 두드리고 있었다.(112쪽)

아파트 내의 '미친 여자'로 불리며 모든 사람들에게 공격을 일삼던 1111호의 그녀가 결국 죽이려고 했던 것이 자기 자신이었다는 불가해한 문장은 이제야 설핏 이해가 간다. 채워지지 않는 내부의 갈증 때문에 바깥으로 향했던 그녀의 갈 데 모를 칼끝은 돌고 돌아 끝내 자신에게 향해질 수밖에 없었던 것 같다. 이러한 1111호 여자의 외로움을 조금이라도 이해한 유일한 등장인물은 아이러니하게도 그녀의 딸 윤서다. 머지않아 본인도 그것에 잡아먹힐 것이라는 윤서의 슬픈 예감처럼, 이 소설을 읽은 우리들은 그 고독하고 예민했던 소음-기계의 운명이 그녀에게 대물림되듯 계승될 것만 같은 불안함을 떨치기 힘들다.

소음과 요설을 지나 결국 자신이 이르고자 했던 것은 침묵이었다고 김수영은 이야기했던 적이 있다. 하지만 소음은 처음부터 "외로움이 만들어낸 실체도 없는 소리"였다는 점에서, 그 타인의 무분별한 진동으로부터 해방되고자 하는 욕망이 실은 타인이 없는 외로운 진공에서 시작되었다는 점에서, 그의 목표는 애초에 모순된 방향을 향해 있었는지도 모르겠다. "천장과 바닥과 벽을 타인과 공유하고 사는"(134쪽) 존재들의 공명을 그리고 있는 이 격자 구조의 소설은 가해자와 피해자의 명료한 구획선을 흩트려놓을 뿐만 아니라, 각자의 시공간에 맞닿고 있는 타인의 체적과 함께 진동할 수밖에 없는 나와 그들의 얇디얇은 경계선에 대해서도 둔중한 질문을 남긴다.

작가의 말

사람들은 모두 자신이 피해자라고 말했다.
이상하게도 가해자는 아무도 없었다.
나는 그 상황이 무서워 그곳을 영영 떠났다.

2020년 가을

현대문학 핀 시리즈 소설선

001 편혜영 죽은 자로 하여금
002 박형서 당신의 노후
003 김경욱 거울 보는 남자
004 윤성희 첫 문장
005 이기호 목양면 방화 사건 전말기—욥기 43장
006 정이현 알지 못하는 모든 신들에게
007 정용준 유령
008 김금희 나의 사랑, 매기
009 김성중 이슬라
010 손보미 우연의 신
011 백수린 친애하고, 친애하는
012 최은미 어제는 봄
013 김인숙 벚꽃의 우주
014 이혜경 기억의 습지
015 임철우 돌담에 속삭이는
016 최 윤 파랑대문
017 이승우 캉탕
018 하성란 크리스마스캐럴
019 임 현 당신과 다른 나
020 정지돈 야간 경비원의 일기
021 박민정 서독 이모
022 최정화 메모리 익스체인지
023 김엄지 폭죽무덤
024 김혜진 불과 나의 자서전
025 이영도 시하와 칸타의 장—마트 이야기
026 듀 나 아르카디아에도 나는 있었다
027 조 현 나, 이페머러의 수호자
028 백민석 플라스틱맨
029 김희선 죽음이 너희를 갈라놓을 때까지
030 최제훈 단지 살인마
031 정소현 가해자들
032 서유미 우리가 잃어버린 것
033 최진영 내가 되는 꿈
034 구병모 바늘과 가죽의 시詩
035 김미월 일주일의 세계
036 윤고은 도서관 런웨이